KB121175

이것이 법이다

이것이 법이다 43

2018년 9월 11일 초판 1쇄 인쇄
2018년 9월 14일 초판 1쇄 발행

지은이 자카에프
발행인 이종주

기획 팀 이기헌 왕소현 박경무 이승제
책임 편집 최전경

발행처 (주)로크미디어
출판등록 2003년 3월 24일
주소 서울시 마포구 성암로 330 DMC첨단산업센터 3층 318호, 319호
Tel (02)3273-5135 **Fax** (02)3273-5134
홈페이지 rokmedia.com **E-mail** rokmedia@empas.com

ⓒ 자카에프, 2015

값 8,000원

ISBN 979-11-294-0826-6 (43권)
ISBN 979-11-255-9575-5 04810 (세트)

이것이 법이다

43

자카예프 장편소설

로크미디어

CONTENTS

얼굴 두께 30밀리미터

"대한민국의 법은 진짜 잘못되어 있다니까."

친구를 만나서 술을 마시다 보면 별별 이야기를 다 하기 마련이다.

그런데 노형진이 변호사라는 특성상, 가장 많이 듣는 말이 바로 법에 대한 분노였다.

"현직 변호사한테 할 말이냐?"

"현직 변호사라서 하는 말이다. 넌 우리나라 법이 멀쩡하다고 생각하냐?"

"그렇지는 않지."

노형진은 씁쓸하게 말했다.

그 자신도 느끼는 거지만 대한민국의 법은 그다지 잘 만들어진 것은 아니다. 철저하게 무전 유죄 유전 무죄에 기반을 뒀다고 봐도 무방하다.

물론 극단적으로 잘못 만든 것도 아니기는 하지만.

'문제는 그걸 집행하는 놈들이지.'

5천 원을 훔치면 실형이고, 300억을 훔치면 집행유예.

이게 대한민국의 기본적인 법적 시스템이다.

피해의 규모가 아니라 횟수를 기반으로 가중처벌 하기 때문에 위에 올라가서 크게 한탕 할수록 처벌은 더더욱 낮아진다.

그렇다 보니 돈이 많을수록 법을 피해 갈 수 있는 구멍이 많아지는 것이다.

"아무리 그래도 그렇지, 이건 아니지."

"도대체 뭔데? 얀마, 그래도 친구 사이에 설마 상담료를 내라고 하겠냐?"

노형진은 친구의 말에 피식 웃으면서 말했다.

보아하니 뭔가 물어보고 싶은 것 같은데 차마 대놓고 물어보기는 미안했던 모양이다.

"아, 씨발. 나 모욕이랑 명예훼손을 고발당했다."

결국 노형진이 상담해 주겠다고 하자 친구는 마지못한 듯 입을 열었다.

"모욕? 명예훼손?"

"응."

"아니, 왜? 어쩌다가?"

"아, 씨발……. 댓글 잘못 썼다가…….”

"그거면 방법이 없지. 잘못한 건 잘못한 거니까.”

아무리 노형진이라고 해도 잘못한 것까지 다 막아 줄 수는 없다.

특히나 모욕이나 명예훼손은 사람들이 모르고 하는 범죄 중 흔하게 하는 실수다.

"아, 그래도 씨발, 이건 아니지.”

"도대체 누군데? 연예인?”

"연예인? 얀마, 내가 연예인한테 악플이나 달고 다니는 그런 개새끼로 보이냐?”

술이 약간 들어가자 화를 버럭 내는 친구.

"아니면 말지, 뭘 그렇게 화를 내?”

"아, 씨발. 진짜 빡쳐서 그래.”

그리고 다시 술을 마시는 친구.

노형진은 그런 그를 보면서 고개를 갸웃했다.

이 친구가 법 없이도 살 사람은 아니라고 하지만, 그래도 최소한 기본적인 상식조차 없는 사람은 아니다.

그래서 명예훼손을 할 만한 성격도 아니고.

'누구지?'

댓글이라고 하는 걸 보니 주변 인물은 아닌 것 같은데, 그렇다고 아무나 쫓아다니면서 악플을 달았을 리는 없고.

"누군데?”

"우상춘."

"우상춘?"

노형진은 얼굴을 찌푸렸다.

그럴 수밖에 없는 게, 우상춘이면 그도 아는 사람이다.

아니, 알 수밖에 없다. 현재 대한민국에서 과연 우상춘을 모르는 사람이 있을 수가 있을까?

"그 새끼가 왜?"

우상춘은 이번에 잡혀 들어간 강간범이다.

피해자의 강간 동영상을 찍어서 신고하면 뿌린다고 협박하거나 다시 찾아가서 그걸 핑계로 재강간을 하는 등, 악질 중의 악질이었던 것이다.

그에게 당한 사람만 세 명.

"몰랐냐? 하긴, 언론사 새끼들도 이런 건 모르려나?"

"언론은 왜?"

"아, 씨발. 그 새끼가 지금 인터넷에서 자기 욕 하는 사람들한테 마구 고소를 넣고 있다고."

"그 녀석 욕 안 하는 놈도 있냐?"

"그러니까, 씨발."

우상춘이 연쇄 강간으로 체포당한 후 사람들은 그에 대한 욕을 하기 시작했다. 그러자 우상춘이 그들을 무차별적으로 고소하기 시작했다는 것.

'이놈이 미쳤나?'

노형진은 고개를 갸웃했다.

잘못했다고 고개를 푹 숙이고 빌어도 시원치 않을 판국에 그렇게까지 마구 고발한다는 것은 반성하지 않는다는 뜻이다. 당연히 처벌도 강해진다.

'아니지, 애초부터 반성을 할 새끼는 아니었지.'

그는 잡혀 들어갈 때부터 여자가 먼저 꼬셨다는 둥 자기는 합의하에 한 것이라는 둥 온갖 거짓말로 죄를 면하려고 했고, 증언하러 나온 피해 여성에게 꽃뱀이라면서 법정에서 소리를 지르기도 했다.

전혀 반성하지 않고 있었던 것이다.

"그런데 왜 고발을 해?"

"나야 모르지. 변호사인 네가 알지, 내가 아냐?"

"흠……."

"아, 씨발. 그 새끼 때문에 전과 달게 생겼네."

"걱정 마. 전과 안 달아."

"뭐?"

"상황에 따라 다르지만, 지금 같은 경우는 기껏해야 벌금이야."

엄밀하게 말하면 사람들이 말하는 전과에 들어가지 않는다. 범죄 사실을 조회해도 드러나지 않고.

사람들이 말하는 전과, 소위 '빨간 줄'은 실제로 수감되었을 때 영향을 발휘한다.

벌금 같은 경우 강한 처벌도 아니기 때문에 일상생활에 거의 영향이 없다.

그나마도 일정 시간이 지나면 벌금 기록은 삭제하도록 되어 있다.

"그러면 그냥 있으면 되는 거야?"

"글쎄…….."

그 부분에 대해서는 노형진도 확신할 수 없었다.

그럴 수밖에 없는 것이, 친구는 그 녀석이 무차별적으로 고소한다고 했다. 그리고 그중 한 명이 친구고.

'왜 그런지 모르지만.'

우상춘의 목적이 뭔지는 모르지만 그냥 넘어갈 일은 아닌 것이 확실했다.

그렇다면 똑같이 당하는 사람이 많다는 뜻이기 때문이다.

"아마도 그 부분에 대해서는 우리가 생각 좀 해 봐야겠어."

"뭘 또? 왜? 야, 나 변호사 수임료 없어."

"그 부분은 걱정하지 마. 우리가 알아서 할 테니까."

노형진은 그렇게 말하면서 고개를 갸웃했다.

⚖

"몇 개?"

"3,890개."

"장난해?"

노형진은 회사에 와서 그 사건에 대해 알아봐 달라고 부탁했다.

그리고 손채림이 가지고 온 소식에 어이가 없어서 기가 막혔다.

"지금도 늘어나고 있는 중이야. 지금쯤 4천 건이 넘을걸."

"미친!"

우상춘이 고소한 모욕 및 명예훼손의 건수가 무려 4천 건을 넘어섰다는 것이다.

물론 그 정도 뽑아내려고 한다면 할 수도 있다.

한국의 인터넷을 발칵 뒤집은 사건이고, 워낙 본인이 뻔뻔하게 나서니까 사람들이 발끈할 수밖에 없었던 것이다.

기자들 앞에서 난 죄가 없다, 나를 꼬신 여자가 잘못이다 하고 당당하게 말하는 강간범이 얼마나 되겠는가?

"이놈, 완전히 미친놈인 것 같은데?"

손채림은 어이가 없다는 듯 자료를 보면서 눈을 흘겼다.

"왜 그러는 거래?"

"끄응, 난 알 것 같은데."

노형진은 머리를 잡으면서 고민에 빠졌다.

한두 건도 아니고 천 단위가 넘어간다는 건 그 목적이 너무나 뻔했기 때문이다.

"뭔데?"

"돈."

"돈? 아니, 고소하면 무조건 돈을 받는다고 생각해? 바보 아냐?"

'풋!' 하고 웃는 손채림.

하지만 노형진은 생각이 달랐다.

"보통은 그렇지."

"보통은?"

"돈이 목적이라면 민사까지 갈걸."

"에이, 설마."

"설마라고 생각해?"

노형진은 씁쓸하게 웃었다.

설마라고 생각하기에는, 그의 행동이 너무나 공격적이었다.

"아니, 죄가 있어야 민사에서 돈을 받든지 하지."

"애석하게도 말이야…… 죄는 성립돼."

"뭐라고?"

"모욕죄와 명예훼손에 관련된 규정을 생각해 봐. 기본적인 정보라고."

"그거야…… 아!"

손채림은 바로 노형진이 뭘 말하는지 알아챘다.

모욕죄는 상대방이 특정된 상태에서 말 그대로 상대방을 모욕하면 성립한다.

그런데 인터넷에서 소새끼, 개새끼 하는 대부분의 사람들은 우상춘을 특정해서 욕했다.

그의 신분은 뉴스로도 드러났으니 당연히 특정된 상태. 그러니 모욕죄가 성립된다.

명예훼손도 마찬가지다.

명예훼손은 허위 사실에 의한 경우도 물론 처벌받지만 본인이 공개하기 싫은 비밀을 공개하는 것도 명예훼손에 들어간다.

그리고 세상에 자기가 강간한 것을 까발리고 싶어 하는 녀석은 없다.

"하지만 언론사들은……."

분명히 언론사들은 그에 대해 계속 후속 보도를 하고 있다.

"그들은 언론사니까."

언론사인 만큼 언론의자유를 보장받는다.

그리고 그들은 공익적 목적으로 사건을 알린다는 위법성 조각사유에 해당되기 때문에 그들이 말하는 것은 명백한 허위가 아닌 이상 처벌받지 않는다.

"하지만 인터넷의 네티즌 같은 사람들은 아니지."

그들은 개개인이고, 언론의자유의 보호를 받지 못하며, 또한 대부분 욕설과 인신공격을 퍼부어 댔기 때문에 공익적 목적도 성립되지 않는다.

"헐!"

손채림은 노형진의 말을 듣고는 기가 막혔다.

"아니, 왜?"

"왜겠어?"

"응?"

"생각해 봐, 돈이 얼마인데!"

한 사람당 100만 원씩만 해도 무려 40억이다. 그리고 현재도 피해자는 계속 늘어나고 있는 상황이다.

"미친 새끼 아냐?"

"미친 게 아니라 똑똑한 거지."

어차피 그렇게 얼굴이 팔리면 세상에 나와서 먹고사는 것은 상당히 힘들 수밖에 없다.

일반적으로는 잘못했다고 하면서 얼굴을 드러내지 않기 때문에 교도소에 갔다 온 후에 이름을 바꾼다거나 하여 취업하는 경우가 많지만, 우상춘은 당당하게 얼굴을 드러내면서 도발했다.

"설마. 그런 식으로 굴면 형량이 늘어날 텐데?"

"늘어 봤자 얼마나 늘어나겠어? 우리나라가 강간에 대해 이상할 정도로 선처하는 거 알잖아? 기껏해야 5년이겠지. 5년만 버티면 40억이 생기는 거야. 할 만한 짓거리인 거지."

노형진은 우상춘의 계획을 알고는 구역질이 났다.

"이 새끼, 노린 것 같은데."

"노려?"

"그래. 안 그러면 이럴 수가 없지."

대놓고 얼굴을 공개하고, 그 후에 도발까지 했다. 일반적인 범인들이라면 절대로 하지 않을 행동이다.

애초에 경찰도 가해자의 얼굴을 공개하는 것을 꺼리는 것이 대한민국이다. 가해자를 보호한다는 이유로 피해자 부모에게 발길질하는 게 대한민국 경찰의 모습이다.

그런데 당당하게 얼굴을 드러내고 출두한다?

"아마 얼굴을 감추자고 하는데 자기가 거부한 것이겠지."

그 행동을 보면 이 모든 것을 계획했다고 봐야 한다. 그렇지 않으면 그렇게 행동할 이유가 없다.

"와, 독한 새끼."

이런 식으로 노리고 달려든 거라면 노형진의 친구도 벗어날 방법이 없다.

"물론 이런 식이면 건당 합의금은 낮아질 거야."

"그렇겠지."

법원도 바보는 아니다. 그러니 왜 이런 짓을 하는지 모를 리 없다.

"하지만 그래도 무죄를 선고할 수는 없지."

그렇다면 배상금은 50만 원 선까지 떨어질 수도 있다.

하지만 그래도 20억이다. 한 사람이 한평생 떵떵거리면서 살 수 있는 셈이다.

"그럼 어쩌지?"

"일단은 사람을 모아서 대항하는 게 더 나을 것 같기는 한데."

"대항? 우리는 의뢰를 받은 것도 아니잖아?"

"그건 그렇지. 하지만 의뢰야 문제가 안 되기는 하는데……."

자신의 친구에게 의뢰하라고 하면 되기는 한다.

'하지만 다른 사람들이 하려고 할까?'

무려 4천 명이다. 더 늘어났으면 더 늘어났지, 줄어들지는 않을 것이다.

그리고 변호사 의뢰 비용은 300만 원 선.

그에 비해 싸움은 이길 가능성은 높지 않고, 어찌 되었건 배상은 해 줘야 하는 상황.

"일단은 상황을 보면서 판단해야겠다."

현재는 기다리는 것 말고는 딱히 확실한 방법이 없어 보였다.

⚖️

얼마 후 우상춘은 본색을 드러냈다.

자신이 고소한 사람들 중 형사가 끝난 사람들에게 무차별적으로 내용증명을 발송하면서 그와 동시에 민사를 진행하기 시작한 것이다.

언론에서는 후안무치의 대표적 사례라면서 대대적으로 그를 욕했지만, 그럴수록 늘어나는 것은 고소된 사람들과 피해자였다.

"와, 완전 폭발적으로 늘어나네. 하루하루 늘어나는 피해자 숫자가 어마어마해."

형사 고발된 사람이 8천 명, 민사는 오백 명에 달한다는 기록에 손채림은 혀를 내둘렀다.

언론에서 그를 욕하고 사람들이 그를 욕할수록, 그는 탐욕적으로 더 달려들었다.

"아주 떼돈을 벌겠는데?"

"이쯤이면 그 녀석이 이겼다고 봐야 하는 건가?"

노형진은 씁쓸하게 웃으면서 말했다.

그럴 수밖에 없는 게, 그렇게 무차별적인 고소와 고발 그리고 손해배상이 진행되면서 국민들은 자기 검열 상태에 들어갔기 때문이다.

결국 누구도 댓글도 달지 않고 침묵하게 된 상황.

"노 변호사님, 손님 오셨어요."

"들어오시라고 해요."

때마침 여직원이 와서 손님이 도착했음을 알렸고, 잠시 후 한 남자가 안으로 들어왔다.

"노형진 변호사님?"

"반갑습니다. 노형진입니다. 이쪽은 손채림 양이고요."

그는 이번 사태의 피해자 연합 회장이었다.

그들은 체계적인 대응을 위해 서로 뭉쳐서 대응 방법을 찾기 시작했는데, 도중에 그곳에 속한 노형진의 친구가 그 회장인 마동욱을 소개시켜 준 것이다.

"마동욱이라고 합니다."

"네, 이야기는 많이 들었습니다."

그는 원래 개인 사업을 하는 사람들이다. 그나마 사업을 크게 해서 다른 사람보다 여유가 있어 회장을 하게 된 것이다.

"자세한 이야기를 듣고 싶네요."

자리를 권하자 그 앞에 앉은 마동욱은 물을 쭈욱 들이켜고는 한숨을 쉰 다음에 입을 열었다.

"현재 비대위에 가입된 사람이 3천 명쯤 됩니다."

"3천요?"

"네, 계속 늘어나고 있습니다. 고발당한 사람들 중에서 인터넷에서 찾아서 오는 사람들이 많으니까요."

"음……."

노형진은 턱을 문지르면서 조용히 이야기를 들었다.

"일부는 엮이기 싫다고 합의금을 주기도 했지만, 대부분의 사람들은 합의 없이 끝까지 가려고 하고 있습니다."

"그래요?"

"상대방이 멀쩡한 놈도 아니고 미친놈이니까요."

대놓고 돈을 요구할 속셈으로 시작된 소송이다. 그러니 사람들이 자존심이 상할 수밖에 없었다.

"더군다나 그쪽에서 요구하는 합의 조건도 터무니없고요."

"얼만데요?"

"300만 원입니다."

"무리한 금액이군요."

"합의하러 간 사람들 이야기를 들어 보니, 그걸 부르고는 나중에 선심 쓰듯이 깎아 준답니다."

"흠……."

노형진은 얼굴을 찌푸렸다.

"깎아 준다고요?"

"네."

"그 담당 변호사가 말입니까?"

"네."

"그 변호사가 어디 소속인데요?"

생각해 보면 현재 우상춘은 구속된 상태다. 합의할 수 있는 상황이 아닌 것이다.

"법무 법인 지오라는 곳입니다."

"법무 법인 지오?"

처음 들어 보는 곳이다. 아무래도 새로 생긴 곳이거나 작은 규모인 모양이다.

'하긴, 법무 법인이 한두 곳도 아니고.'

대한민국에는 엄청난 수의 법무 법인이 있다. 그러니 그들 모두를 알 수는 없는 노릇.

"그런데 합의한다고 하면서 돈을 깎아 준다고 했다고요?"

"네."

"아무래도 이야기가 다 된 모양인데."

사실 애초에 의뢰를 맡겼다는 부분에서부터 이야기가 다 되었다는 뜻이기는 하지만 말이다.

"그래서 합의한 사람들의 이야기를 들어 보니, 대략 200만 정도에서 합의된다고 하더군요."

"200만이라……."

"상당수는 그렇게까지 합의할 의사를 못 느낍니다. 상대방의 목적을 모르는 것도 아니니 끝까지 싸워 보겠다고 합니다만……."

"여러 가지 문제가 많지요."

생계의 문제도 있고, 돈의 문제도 있고, 또 다른 이유도 있다.

어찌 되었건 고소당했다는 것은 기분 좋은 일은 아니기 때문에, 일부는 합의를 진행하여 돈을 줘 버린 상황.

"그런데 새론에서 도와준다고 들었습니다만……."

"그렇기는 합니다만, 애매하군요."

합의금이 200만 원 선. 그런데 변호사 비용은 300만 원 선.

사람들의 입장에서는 당연히 합의금을 선택할 수밖에 없다.

"원래는 대룡평등재단을 통해 지원을 받아 볼까 했습니다만……."

아무리 대룡이라고 해도, 한두 명도 아니고 천 단위를 넘는 사람들의 소송을 다 해 줄 수는 없다.

그렇다고 새론에서 선의로 해 주기에는 그 숫자가 너무나 많다. 개별적 사건인 만큼 모두 개별적으로 해야 하기 때문이다.

아무리 새론이라고 해도, 이 정도 사건을 한꺼번에 감당하는 것은 무리가 있고.

"일단 비용 자체가……."

말을 하던 노형진은 갑자기 입을 다물고 침묵을 지켰다.

"왜 그래?"

"아니, 잠깐만."

"왜 그러십니까?"

"이상한 점이 있어서요. 잠시만요."

자신만의 세계에서 정리하던 노형진은 아까 전 마동욱과 이야기한 내용 중에서 이상한 부분이 있다는 사실을 알아차렸다.

무심하게 넘어갔지만 일반적으로는 불가능한 일.

일반인들이야 잘 모르겠지만, 변호사의 입장에서는 말도 안 되는 일.

"아까 우상춘의 변호사와 합의를 했다고 했지요?"

"네."

"그게 형사 단계인가요?"

"그렇지요."

"그런데 분명히 그 변호사라고 했지요?"

"네."

"민사는 어떤가요?"

"그것도 당연히……."

노형진은 자신의 신경을 거슬리는 게 뭔지 알아냈다.

"도대체 그 돈은 어디서 난 거지?"

"돈이라니?"

"말 그대로 돈 말이야. 형사야 그렇다고 쳐도, 민사는 좀 다른데."

형사사건의 경우, 특히 이런 대단위 손해배상 사건의 경우 변호사에게 위임하는 일이 없는 건 아니다. 그것까지는 이해가 간다.

하지만 민사의 경우는 이야기가 달라진다.

"민사의 경우는 이런 식으로 합의하는 게 아니라 케이스 바이 케이스야. 개별적 사건을 의뢰받아서 해야 하지."

"그런데?"

"아까 민사가 몇 건이 들어갔다고?"

"오백 건."

"변호사회 별지의 가격은?"

"아!"

"그게 뭡니까?"

고개를 갸웃하는 마동욱.

일반인인 그는 그게 뭔지 모르기 때문에 허점을 찾지 못했던 것이다.

"변호사들이 내는 일종의 세금 같은 겁니다."

"세금?"

"네."

변호사들은 사건을 수임할 때마다 그에 맞는 일종의 증지를 사서 거기에 붙여서 제출해야 한다. 그런데 그 비용이 적지 않다.

"형사사건도 건당 1만 2천 원입니다. 일단 고발을 본인이 직접 하는 식으로 하면 안 낼 수 있지만, 민사는 어쩔 수 없거든요. 그러면 오백 명에게 민사를 걸었다면, 못해도 600만 원의 비용이 발생합니다."

변호사 비용을 제외하고도 그 돈을 따로 내야 한다는 뜻이다.

"보통은 변호사 비용에 포함되지 않아?"

"그렇기는 하지만 그건 어디까지나 일반적인 경우야. 개별 사건으로 변호사 비용을 내니까. 그건 못해도 300만 원이니 그 정도는 변호사가 내주는 거지. 하지만 이건 그런 게 아닌 것 같아. 300만 원씩 오백 명분의 변호사비를 낼 수는 없잖아."

"응?"

그러고 보니 그렇다.

그리고 문제는 하나 더 있었다.

"더군다나 내가 말한 건 순수하게 변호사회에 내는 비용만이야. 다른 비용이 더 들잖아. 소송을 할 때 내야 하는 비용."

"아!"

그 돈은 정부에 내는 돈이다. 그리고 다른 비용과 다르게 후불로 처리할 수가 없다.

변호사야 나중에 후불로 하자고 약정하면 가능하지만 그건 약정이 불가능한, 말 그대로 현금으로 내야 하는 돈인 것이다.

"그게 더 문제지. 아무리 비용이 적다고 해도 말이야."

이런 사건에서 내야 하는 비용은 대략 15만 원 선. 소송을 접수할 때 선납해야 하기 때문에 피하거나 나중에 낼 수는 없다.

"오백 건이라고 하면 7,500만 원이야."

"헐?"

"더군다나 민사는 더욱 늘어나고 있다고 했지?"

"그렇지."

"그럼 채증 작업은 누가 하는데?"

"채증요?"

"우상춘은 구속 상태입니다. 본인이 나서서 증거를 수집할 수가 없지요. 더군다나 아무리 잘한다고 해도 하루에 모을 수 있는 정보의 양에는 한계가 있습니다."

인터넷에서 벌어지는 모욕과 명예훼손에 관련된 사건들은 철저한 규칙을 가지고 있다. 그에 맞게 정보를 모으려면 개인이 아무리 빨라도 10분은 걸린다.

한 시간에 여섯 건, 하루 여덟 시간 근무를 기준으로 마흔여덟 개다. 숙련자라고 해도 예순 개 정도가 한계다.

"그런데 수천 개를 어떻게 모으겠어?"

"응, 듣고 보니 그러네."

손채림은 후다닥 서류를 확인했다.

증거로 삼기 위해서는 특수한 프로그램으로 해당 화면을 찍은 시간을 표시해야 하는데, 서류상 기록에 따르면 사건마다 다르지만 짧은 건 3분, 긴 건 8분 정도 걸렸다.

"하지만 찾는 시간도 따져야지."

그렇다면 개당 시간은 10분을 넘어갈 수밖에 없다.

그런 시간까지 따지면 하루에 잘해야 서른 개 정도?

"그러고 보니 이상한 게 하나 더 있군."

"더 있다고?"

"혹시 중복 고소된 거 있습니까?"

"중복 고소요?"

노형진의 말에 마동욱은 이해를 못 했다.

"그게 무슨 말씀이신지?"

"두 곳의 경찰서에서 동시에 연락받은 사람이 있느냐는 겁니다."

"아니요. 그런 일이 있다는 소리는 못 들었습니다만. 그게 중요한 겁니까?"

"중요한 거죠."

노형진은 심각한 얼굴이 되었다.

그럴 수밖에 없는 게, 그건 이론적으로 불가능하기 때문이다.

"만일 우상춘이 친지나 알바를 고용해서 증거를 모아 고소하게 했다면 고발이 중복될 수밖에 없습니다. 그는 구속 중이고, 그걸 일일이 검토할 수 있는 상황이 아니니까요. 설사 검토한다고 해도, 8천 건이 넘어가는 사건 중에 중복이 없다는 건 말이 안 되죠."

"그런데요?"

"그렇다면 남은 건 하나뿐입니다. 누군가 체계적으로 채증 작업을 지휘한다."

"네?"

"그게 무슨 말이야?"

"말 그대로입니다."

누군가가 증거를 모으는 사람들을 한곳에서 관리하면서 증거를 수집하는, 즉 채증 작업하는 사이트를 지정하고 거기서 등록된 시간까지 확인해 가면서 작업하고 있다는 것.

"아니, 누가 왜 그런 일을……."

"기획 소송."

"응? 그게 무슨 소리야?"

"이 방식, 우리와 너무 닮지 않았어?"

"우리와 너무 닮다니?"

"딱 순서를 거꾸로 하면 우리와 같아. 우리가 하는 기획 소송과 말이야."

"아!"

손채림은 이해가 갔다.

새론은 기획 소송을 적극적으로 지원한다. 궁극적으로 피해를 보는 많은 사람들을 구제하고 법의 원칙을 세우기 위해서다.

"그 경우에는 피해자를 모집하고 그들이 자신도 모르게 입고 있는 피해에서 구제해 주거나 이미 입은 피해에서 그들을 구제해 주지."

"그런데 이건…… 확실히 정반대네."

"무슨 말씀이신지?"

"증거를 모집하는 방법, 고소를 진행하는 방법, 그 모든 게 우리와 비슷합니다. 한 가지만 빼고요."

노형진과 새론은 피해자를 위해 기획 소송을 하지만 이건 가해자를 위해 사건을 조작하여 기획 소송을 한다는 것.

"애초에 이 모든 게 가능한 건 한 가지뿐이야."

개인이 돈을 낼 수는 없는 수준이니 방법은 하나뿐이다.

바로 로펌에서 돈을 지원해 주는 것. 그 대신에 수익을 나누는 것.

'어쩐지 괴상할 정도로 당당하더라니.'

그러면 우상춘이 보여 준 터무니없이 당당한 모습과 지금의 상황이 딱 맞아떨어진다.

"애초에 누군가 이런 걸 노리고 시작한 거라고요?"

"네."

"헐."

마동욱은 어이가 없다는 표정이 되었다. 말도 안 된다는 표정이었다.

'하지만 마냥 말이 안 된다고는 할 수 없어.'

그리고 이런 상황에서 이런 걸 지원해 줄 수 있는 곳은 한 곳뿐이다.

바로 우상춘의 법률 대리인이자, 이 모든 사건을 진행하고 있는 법무 법인 지오.

"아무래도 골치가 아픈 녀석이 나타난 것 같군요."

노형진은 절로 얼굴이 찡그러지기 시작했다.

⚖

"법무 법인 지오. 만들어진 지는 6개월 정도 되었고 총인원은 네 명입니다."

"네 명?"

"왜?"

"아니. 계속 이야기해 봐."

이 사건의 배후에 그들이 있다고 의심이 든 이상, 가장 먼저 확인해야 하는 것은 그들의 정체다.

"총인원 네 명. 규모는 현재 380평."

"뭐? 장난해? 법무 법인이 아니라 무슨 골프장이라도 연 거야, 뭐야?"

기가 막혀 하는 얼굴이 되는 노형진.

아니, 인원이 고작 네 명인데 사무실은 380평이라니 이해 가 되지 않았다.

"확실히 이상하군. 그렇지만 규모를 키울 생각이라면 문 제가 되지는 않지 않을까? 새론도 이사할 때 확장할 목적으 로 넉넉한 공간으로 오지 않았나?"

"아니요. 실적이 없으면 규모를 키우지 못하거든요. 그리 고 아무리 키운다고 해도 처음부터 이런 식으로 터무니없는 공간을 확보하지는 않지요."

사실 네 명이면 큰 규모의 로펌은 아니다.

노형진이 언급한 문제는 현재 인원이 아니라 실질적인 규 모다.

"다른 곳도 아니고 강남에 무려 380평짜리 사무실을 얻었 단 말입니다. 법무 법인 인원이 네 명이면 보조 인원수도 뻔 한데 말이지요."

"그건 이상하군."

보통 네 명 정도면 50평에서 60평만 해도 충분하다. 그런 데 380평이라면, 한 사람당 거의 90평인 셈이다.

"우리처럼 팀제로 나가려는 거 아냐?"

"그럴 리 없지."

확실히 팀제로 나가면 실적이 좋아지기는 하지만 공간을 많이 필요로 한다는 문제가 있다.

게다가 한 팀당 90평은 어마어마하다. 현재 새론이 한 팀당 15평 정도인 걸 감안하면 말이다.

"채증 팀을 뺐잖아."

"아……."

채증이라는 부분을 넣자 이해가 간다.

물론 그래도 터무니없이 넓은 것은 사실이지만.

"일단 그 부분은 넘어가고, 진짜 이상한 건 대표의 이름이야."

"이름? 이름이 왜?"

"이재곤이라고 되어 있는데 거기에 무카토 에이지라는 이름도 붙어 있더라고. 2인 대표 형태인 걸까?"

모두의 얼굴이 사정없이 찡그러졌다.

　냄새가 난다고 해서 무조건 신고할 수는 없는 노릇이다. 당연하게도 모든 것은 합법이니까.

　이재곤이 대표가 되었다는 게 의심스럽다고 무조건 신고할 수는 없으니 결국 직접 확인하는 수밖에 없다.

　노형진은 사실을 확인하기 위해 직접 출근하는 현장으로 향했다. 혹시나 동명이인일 수도 있으니까.

　'무카토 에이지라는 이름까지 쓰는 걸 보니 다른 놈일 수는 없겠지만.'

　무심한 얼굴로 출근하는 무리를 바라보는 노형진.

　아침이 되자 해당 건물로 적지 않은 청년들이 출근하고 있었다.

"출근을 많이 하는데."

"확실히 그러네. 안에 증거 채증 팀이 운영된다고 봐도 무방하겠어."

"불법 아니야?"

"법 따위 신경이나 쓸 것 같아? 웃기겠지만 법을 가장 안 지키는 사람들이 변호사랑 판사야. 잊었어?"

"끄응."

노형진의 말에 손채림은 부정을 못 했다.

원래 변호사 사무실에서 일하는 사람들은 신분 조회를 거쳐서 일해야 한다. 엄밀하게 말하면 법무 법인에서 일한다는 건 법조계에서 일한다는 뜻이기 때문에, 증거 조작이나 기타 조작의 가능성을 막기 위해서였다.

그런데 현장에서 보니 출근하는 사람이 족히 백 명은 되어 보이는데 자신들이 알기로는 지오에 등록된 근무자는 여덟 명뿐이었다.

"결과적 다 신고도 안 하고 쓴다는 거겠네. 신고하면 되나?"

"층이 다르잖아. 등록된 기업도 다르고."

"끄응."

그들은 신고를 피하기 위해 유령 기업을 만들어서 아래층에서 서치를 하고 있었다. 애초에 서치 팀과 같이 일할 거라는 생각이 틀렸던 것이다.

'그럼 도대체 왜 380평이나 필요한 거야?'

도무지 이유를 알 수 없는 상황.

그런데 그렇게 감시하는 와중에 예상했던 그 사람이 정말로 등장하면서 노형진의 머릿속은 더욱 혼란해지기 시작했다.

"어?"

"왜?"

"나타났다."

노형진은 최대한 몸을 숙이고는 망원경을 부랴부랴 꺼내서 입구에 나타난 반백의 양복을 입은 사람을 살펴보기 시작했다. 그리고 오만상을 다 찡그렸다.

"확실하군. 무카토 에이지 그 자식이야."

"도대체 그게 누군데?"

"말 안 해 줬나? 일본에서 활동하는 녀석. 한국 이름은 이재곤."

이재곤. 일본 이름, 무카토 에이지.

한국인이지만 일본에 가서 활동하는 변호사다.

그는 나름 천재라는 소리를 듣는 사람이다. 한국과 미국과 일본의 변호사 자격을 가지고 있는 국제 변호사로, 머리만 따지면 노형진과 동급, 또는 그 이상일지도 모른다.

하지만 노형진과 싸워 두 번이나 패한 적이 있었다.

'저 녀석이 왜?'

노형진은 그가 나타나자 눈을 찡그릴 수밖에 없었다.

다른 사람도 아니고 무카토 에이지, 아니 이재곤이 다시 한국에 오다니.

"아니, 도대체 누구냐고!"

손채림은 그를 알지 못했기 때문에 설명을 요구했고, 노형진은 간략하게 설명을 해 줬다.

그와의 악연과 사건 모두를 말이다.

손채림은 그 말을 듣고 고개를 갸웃했다.

그가 누군지는 알겠는데 말을 들어서는 한국에 있을 이유가 없기 때문이다.

"그냥 한국으로 다시 들어온 거 아냐?"

"그럴 리 없어."

이재곤은 단순히 국제 변호사가 아니다. 정확하게 말하면 변절자에 가까운 인간이다.

한국에서 돈을 벌기 위해 일본에 간 게 아니라, 한국을 혐오한다고 대놓고 말하는 사람이 바로 그였다. 그래서 이재곤이라는 이름보다 무카토 에이지라는 일본식 이름을 썼다.

그런데 그가 한국에 돈 벌러 온다?

"이거…… 왠지 켕기는데……."

노형진은 그를 보고 찝찝함이 가시지 않았다.

더군다나 주변 직원들이 고개를 팍 숙이는 걸 보니 회사 내부에서는 상당한 직급인 모양이었다.

'그런데 조사에서는 안 나왔단 말이지.'

그렇다면 공식적으로 등재된 변호사는 아니라는 뜻이다.

"도박을 한번 해 봐야겠어."

"도박? 야, 야!"

갑자기 차에서 내려서 그에게 다가가는 노형진.

안 그래도 방법이 없어 보이는데 무카토 에이지라는 변수는 영 찝찝하다 못해서 켕기는 변수였다.

'어차피 내가 담당 변호사가 되는 것은 얼마 후면 알게 된다.'

그렇다면 저들도 대책을 세우려고 할 것이다.

그러니 저들이 그걸 알기 전에 자신이 허점을 찌르는 것도 좋은 방법일지도 몰랐다.

"아이고, 반갑습니다, 이재곤 변호사님."

"누구……."

이재곤은 누군가 자신을 알은체하자 무심결에 고개를 돌리다가 잔뜩 인상을 찡그렸다. 거기에는 자신이 가장 만나기 싫어하는 사람이 있었기 때문이다.

"아니, 무카토 에이지라고 불러 드려야 하나요?"

"노형진."

노형진을 보고 이를 박박 가는 이재곤.

하지만 노형진은 그가 더 이상 도망가지 못하게 두 손을 덥석 잡았다.

"한국에 오셨으면 연락이라도 주지 그러셨어요?"

히죽거리면서 웃는 노형진.

주변에서는 서로 아는 사이인 줄 알고 무심하게 넘어갔지만 이재곤은 당장이라도 노형진의 얼굴을 후려치고 싶은 기분이었다.

"네놈이 왜 여기 있지?"

"지나가다가 변호사님이 보여서 왔죠."

"웃기는 소리."

이재곤은 바보가 아니다. 노형진이 여기에서 자신을 보았다고 우연히 인사하러 올 놈이 아니라는 것쯤은 알고 있었다.

"우리와 관련된 사건을 담당하나 보군."

"눈치 빠른데요?"

노형진은 두 손을 놓지 않은 채 그를 바라보며 웃었다.

"그러면 단도직입적으로 말하죠. 한국에는 도대체 왜 온 겁니까?"

"네놈이 알아서 뭐 할 건데?"

"그래야 당신을 다시 쫓아내지."

이재곤의 얼굴에서 불이 확 피어올랐다. 지난날 노형진에게 당한 수치가 기억이 난 것이다.

"더러운 조센징 같으니!"

그는 노형진의 손을 털어 내고는 몸을 돌렸다.

"뭐, 어떤 사건인지는 뻔하니 기대하지."

노형진을 보지도 않고 안으로 들어가는 이재곤.

"이번에는 쉽지 않을 거다."

이재곤은 분노한 얼굴로 안으로 들어갔고, 노형진은 그런 그의 뒷모습을 바라보다가 털레털레 다시 차로 돌아왔다. 그리고 그곳을 떠났다.

"아니, 왜? 감시는?"

"내가 온 거 아는데 무슨 의미가 있어?"

노형진은 작게 말했다.

"그리고 문제는 그게 아니야. 더 큰 게 생겼어."

노형진의 얼굴은 어느 때보다 어두워져 있었다.

"야쿠자 말인가? 무카토 에이지, 아니 이재곤이 그 녀석들과 일한다고?"

"네. 그다지 이상한 건 아니죠. 그들과 손을 잡고 한국에 진출하려고 하는 것 같습니다."

아는 사람을 통해 알았다는 식의 정보로 대충 둘러대기는 했지만 다들 의심하지는 않았다. 노형진 나름의 정보 라인이 있다고 알고 있으니까.

그리고 노형진이 읽어 낸 것은 다름 아닌 이재곤이 그들과 손을 잡고 한국에 진출하려고 한다는 것이었다.

"하긴…… 소문이 오래전부터 돌기는 했지."

"무슨 소문?"

"일본의 야쿠자가 한국에 진출하려고 한다는 소문."

"아니, 왜?"

"그들의 입장에서는 한국은 무주공산이니까."

전 세계에서 가장 세를 크게 불린 폭력 집단을 뽑으라고 하면 이탈리아의 마피아, 중국의 삼합회 그리고 일본의 야쿠자를 들 수 있다.

이 중 미국의 갱단은 무기를 가지고 있다고 하지만 각 집단의 규모가 다른 곳에 비해 작은 편이고, 브라질 등의 갱단은 규모가 되기는 하지만 사실상 내전에 준하는 상태라 외부에 진출하지는 못한다. 주변국에서 결사적으로 진출을 막으니까.

반면에 야쿠자는 일본 대부분의 지역을 집어삼켜 해외로 나가야 하는 상황이다. 그렇다면 가장 만만한 곳은 어디일까?

동남아는 시장 규모가 작다. 그리고 치안이 좋지 않아서 갱단이 많다.

물론 규모가 작기는 하지만 극단적인 놈들이 많아서, 전쟁을 하고자 한다면 피해가 크다.

그에 반해 한국은 한국 정부의 정책으로 인해 대형 갱단이 없다. 소위 말하는 조폭이라는 작자들은 규모가 커 봐야 백 명 내외다.

이에 비해 일본의 야쿠자는 두 개의 조직으로 양분되어 있고 그 아래에서 각각 몇십만을 동원할 수 있다.

"하지만 한국의 경쟁력은 일본에 준할 정도로 성장했어.

그러니 일본에서 한국에 군침을 흘리는 게 이상한 게 아니지. 전에 중국도 그랬잖아."

"아……."

천성계라는 범죄자를 대표로 해서 한국에 진출하고자 했던 삼합회 세력은 노형진과 검찰에 의해 발각되면서 일망타진되었다.

천성계 체포 후 조사를 통해 주변의 다른 조직들을 찾아낸 한국이 소탕 작전을 실시하면서 한국 내에서 삼합회의 세력은 확 줄어 버렸다.

"맙소사."

노형진은 머리를 부여잡았다.

'이건 기존 역사에도 없던 건데.'

자신이 생각하지 못한 부분이다.

천성계를 비롯한 삼합회 세력이 사라지고 무주공산이 된 한국에 견제할 집단이 없다고 판단한 야쿠자가 한국으로의 진출을 시작한 것이다. 그것 말고는 전면에 나설 이유가 없다.

아마도 사무실을 낼 수 있는 돈도 그쪽에서 지원해 줬을 가능성이 높다.

"그게 문제야?"

"문제지. 중국 애들은 아직까지 체계적인 구조로 되어 있는 시스템이 아니야. 그래서 위법도 많고, 체계적인 진입보다는 우격다짐과 무력으로 밀고 들어오지. 천성계가 저지른 범죄들을 봐 봐. 합법의 탈을 쓰거나 경찰의 조사를 피하는 방식을 쓰기는 하지만, 그렇다고 해서 완전히 합법적인 건 아니야."

"그런데?"

"하지만 일본은 아니야. 그 애들은 음지에서 양지로 나오기 위해 수십 년을 절치부심했고, 그 결과 일본의 기업들 대부분은 야쿠자와 관련이 있어. 특히 연예계 쪽은 아예 그들에게 넘어갔다고 봐도 무방하지."

"헐."

"농담 같아? 어제만 해도 잘나가던 아이돌이 갑자기 일본식 포르노를 왜 찍는다고 생각하는데?"

"……."

"그들은 과거 청계와 비슷한 방식을 써. 아니, 청계가 그들을 따라 했다고 봐야 하지. 문제는, 그들은 청계와 비교도 할 수 없을 만큼 거대한 규모를 자랑한다는 거야."

"그럼 이번 일은……?"

"이재곤이 만든 방법인 거지."

한국에 있는 수많은 범죄자들, 그들을 포섭해서 이런 식으로 도발하면 엄청난 돈을 벌 수 있다.

"그리고 장기적으로도 그들이 진출하는 데 유리하고."

"응? 왜?"

"악이 승리하기 위해 가장 필요한 것은 선의 침묵이다."

조용히 듣고 있던 김성식이 조용히 말을 꺼냈다.

"선의 침묵요?"

"만일 이런 일이 계속 벌어지면 어떤 결과가 발생하겠나?"

"아!"

이런 일이 계속 벌어지면 사람들은 범죄에 대해 분노하고 욕하기보다는 입을 다물 것이다.

완벽한 침묵 상태.

그 상태에서 그들이 조용히 안으로 들어오기 시작하면 그걸 누가 언급하겠는가?

"일단은 우리한테 재갈을 물리겠다 이건가?"

"그런 셈이지."

대한민국 경찰과 검찰은 이슈가 되지 않으면 제대로 수사를 하지 않는다는 것은 누구나 다 아는 사실이다.

더군다나 야쿠자가 집단적으로 들어오기 시작한다면 어마어마한 뇌물이 동원되는 건 당연할 테니 경찰과 검찰 그리고 법원은 침묵할 것이다.

"그 상황에서 여론조차 침묵시키면 깔끔하고 조용하게 들어올 수 있는 거지."

"헐……."

"이재곤 그 녀석, 머리가 나쁜 놈은 아니야."

누구도 예상하지 못했던 방법이다.

'하긴, 정부에서 가장 많이 하는 짓거리이기는 하지.'

정부에서도 여론에 재갈을 물리기 위해 얼마나 부단히도 노력하던가. 다만 대놓고 하지 못할 뿐.

하지만 이들은 대놓고 하는 것이다.

"결국 당장 이 사건을 어떻게 막느냐가 관건인데."

법적으로는 자신들이 불리하다.

자신들이 아무리 법적인 방어를 한다고 해도, 이건 빼도 박도 못하는 불법이다.

"형사야 그냥 넘어간다고 해도……."

마동욱의 말에 따르면 졌으면 졌지 사과할 생각이 없는 사람들이 대부분인지라, 형사로 가기 전에 합의할 사람은 그다지 많지 않을 것이다.

문제는 그 후다. 바로 민사.

"이게 성공하면 몇십억이 저들의 전쟁 자금이 된단 말이지."

노형진은 턱을 스윽 문지르면서 고민에 빠졌다.

"그러면 어떻게 막지?"

"못 막습니다."

"뭐라고?"

"법적으로 모든 증거는 저쪽에 있습니다. 증거를 부정하거나 바꿀 수도 없고요. 이건 절대 못 막습니다."

노형진의 말에 다들 안색이 어두워졌다.

그럴 수밖에 없는 게, 자신들도 지난 며칠간 해결책을 찾기 위해 노력했기 때문이다.

하지만 이건 워낙 증거가 확실한 사건이다 보니 해결책이 없었다. 자체 금액이 작기는 하지만 워낙 숫자가 많으니 그 액수가 커질 뿐이다.

"그나마 다행인 것은 피해자들이 합의할 생각이 없다는 거죠."

"그렇기는 한데."

상대방이 워낙 후안무치한 녀석이다 보니 사람들 대부분이 분노하고 있었다.

일부는 형사적 책임 때문에 부담스러워했지만 이 경우 대부분 벌금 정도로 끝난다고 하자 합의 없이 넘어갈 생각을 하고 있었다.

'문제는 민사지.'

저 녀석들이 무차별 고소를 한 것은 바로 돈을 뜯어내기 위해서다. 그러니 민사를 진행할 것은 당연한 일.

"그러면 이 사건에서는 손을 떼야 하나?"

송정한은 우울하게 말했다.

물론 일이 귀찮거나 승률이 걱정되어서 그런 게 아니다.

질 수밖에 없는 싸움이라면 변호사를 사는 것 자체가 이중 지출에 들어간다. 배상금은 100만 원인데 변호사비는 300만 원이면 무슨 의미가 있단 말인가?

"그래서 방법을 생각해 봤습니다만, 져 주는 수밖에 없을 것 같습니다."

"져 주다니?"

"질 수밖에 없다면서?"

"네, 질 수밖에 없지요. 하지만 지면서도 이길 수도 있습니다."

다들 이해하지 못한다는 얼굴로 노형진을 바라보았다.

"저들은 큰 실수를 했습니다."

노형진은 빙긋 웃으면서 말했다.

"큰 실수?"

"네. 우리나라 공무원들과 판검사들이 얼마나 일을 하기 싫어하는지 감안하지 못한 거죠."

"응?"

"우리의 작전은 간단합니다. 일단은 져 주는 겁니다. 그리고 돈을 그들에게 받을 겁니다."

노형진은 번뜩이는 눈으로 다른 사람들에게 작전을 설명하기 시작했다.

⚖

이 작전을 하기 위해 가장 중요한 것은 다름 아닌 판사들이었다. 그리고 판사들을 모으는 것은 어려운 게 아니었다.

정식으로 수임한 것도 아니고, 판사들을 모두 초대해서 식사하는 건 그다지 사건에 영향을 주는 것도 아니기 때문이다.

"자, 자! 드세요."

노형진은 술을 따라 주면서도 속으로는 씁쓸하게 웃었다.

'하여간 삼겹살 좋은 걸 모른다니까.'

1차는 한우집, 2차는 룸살롱.

그 비용만 해도 어마어마하지만, 승리를 위해서는 어쩔 수가 없었다.

"자, 자! 마시자고."

공짜 접대라는 생각에 다들 신나게 먹고 마셨다.

그들 또한 접대를 바라기는 하지만 보통 그에 상응하는 뭔가를 해 줘야 하기 때문에 약간의 부담은 가지게 마련이다.

하지만 오늘은 그런 것도 없이 말 그대로 공짜이니 신이 나지 않을 수가 없는 것이다.

"으하하하!"

여자의 가슴을 만지작거리면서 재미있게 노는 판사들.

노형진의 파트너는 그런 그들을 보다가 노형진을 보고 어리둥절한 눈으로 물었다.

"오빠는 안 놀아?"

"안 놀아요."

"아니, 왜?"

"그냥 취향."

"오빠 취향 참 특이하네."

노형진은 술을 마시는 척하면서 저들이 적당히 취할 때를 노릴 따름이었다.

그냥 말해 줄 수도 있다. 하지만 그러면 저들은 의심하게 될 것이다.

'하지만 술김에 나온 말이라고 하면 별 의심을 하지 않는단 말이지.'

흥청망청 술을 마시면서 낄낄거리는 판사들.

그렇게 몇 시간이나 놀고 나자 제법 취기가 오른 눈치였다.

노형진은 이쯤에서 한번 찔러보면 될 거라는 생각이 들었다.

"그나저나 요즘 일들이 많으시죠?"

"일?"

"네. 요 근래에 소송이 많이 들어왔다면서요?"

"응? 아, 그렇지. 지오 그 개새끼들이 문제지."

한숨을 쉬면서 말하면 그들.

그리고 지오 이야기가 나오자 몇몇 판사들은 대놓고 더욱 큰 한숨을 쉬었다.

'저들이 담당이군.'

판사들이라고 해서 무조건 모든 사건을 하는 것은 아니다. 사건 유형에 따라 전담 판사가 있다.

가령 사기는 누구, 손해배상은 누구 같은 식이다.

그리고 한숨을 쉬는 사람들이 지오에게서 사건을 받은 사람들일 것이다.

'멍청하기는.'

노형진은 지오의 실수가 뭔지 확실하게 알고 있었다.

바로 사건을 한곳에만 넣었다는 것.

자신들이 일하기 쉽게 하기 위해 그렇게 한 것이다.

문제는, 그렇게 하면 한 곳에 엄청난 양의 업무가 과중된다는 점이다.

'그리고 판사들은 더럽게 일하기 힘들어지지.'

현재 지오에서 넣은 사건의 숫자는 민사만 오백 건이고 매달 그 이상을 넣겠다고 한 상황이다.

판사의 인력 풀과 배당 숫자를 생각했을 때 한 사람당 백 건이 넘는 배당이 발생한다.

'문제는, 사건이 거기서 주는 것만 있는 게 아니라는 거지.'

다른 사건까지 생각하면 판사 한 사람당 못해도 한 달에 삼백 건 이상의 사건을 처리해야 하는데, 쉬지 않는다고 해도 하루 열 건 이상이다. 당연히 판사들이 질색할 수밖에 없다.

노형진은 그 부분을 노리는 것이다.

"그렇게 사건이 많다면서요?"

"그래. 이 개새끼들, 자기 일 아니라고 아주 막나가자는 것 같아. 이 새끼들이 진짜."

"아니, 그 정도 일을 맡기면 인사라도 좀 해야 하는 거 아니야?"

'인사? 그놈이?'

노형진은 코웃음을 날렸다.

이재곤은 한국을 무시한다. 뼛속까지 친일파라서, 대놓고 한국인을 조센징이라고 부를 정도다.

　그런 그가 판사들에게 인사를 한다? 말도 안 된다.

　물론 필요에 따라서는 인사를 할 수도 있겠지만, 이 사건은 질 수가 없는 사건이고 사건 자체도 무척이나 작다. 이런 경우에는 보통 인사하지 않는다.

　"그렇지요. 저희도 죽을 맛입니다."

　"죽을 맛?"

　"네, 그 사건을 저희 새론에 위임한다고 하더라고요."

　"위임?"

　"끙……."

　왠지 불편한 얼굴이 되는 판사들.

　공짜인 줄 알았는데 공짜가 아니라니.

　"아, 이기게 해 달라는 거 아닙니다. 솔직히 저희도 거절할 수가 없어서 죽겠어요. 판결해 봐야 뻔한 거 아닙니까?"

　"그건 그렇지."

　한두 건도 아니고, 이 많은 걸 모조리 새론이 이기게 해 주려면 자신들이 곤란하다는 표정이 되는 판사들.

　노형진은 애초에 이길 생각도 없었다.

　'살을 주고 뼈를 취한다.'

　노형진은 마치 걱정된다는 듯 한숨을 쉬었다.

　"단체 의뢰라 받아들이기는 했는데, 건당 얼마인지 아십니까? 40만 원입니다. 40만 원, 딱 법에서 정한 변호사비죠."

"헐? 그렇게 터무니없는 가격이라니! 아니, 새론이 뭐 친서민 정책을 쓰는 건 알겠는데, 그건 손해 아닌가?"

터무니없는 가격에 깜짝 놀라는 판사들.

"대룡에서 특별히 부탁하는 통에……."

"대룡?"

"네."

노형진은 슬쩍 대룡을 팔아먹었다.

대룡쯤 되는 집단이 끼어들어야 저들에게 믿음을 줄 수 있기 때문이다.

"대룡 말로는, 저들이 야쿠자의 후원을 받고 있다고 하더군요."

"야쿠자?"

얼굴을 찡그리는 판사들.

이건 생각지도 못한 말이었기 때문이다.

"그들은 이걸 새로운 수익 모델로 삼을 모양이랍니다. 그래서 이번에 돈 좀 만지면 다른 녀석들도 그럴 거라고……."

"뭐라고? 이런 미친 새끼들, 누굴 죽이려고 작정했나?"

"미친 거 아냐?"

한 명만 해도 사건이 미어터져서 과로로 죽을 맛인데 이런 식의 소송이 또 이루어진다면 진짜 자신들이 죽을지도 모른다.

"매번 이런 식이면 저희도 곤란하죠. 아무리 대룡이 가장 큰손이라고 하지만 말이죠."

"그렇기는 하지."

"새론도 미친놈 때문에 다들 고생이 많구먼."

노형진에게 공감한 건지 고개를 끄덕거리는 판사들.

"그래서 말인데, 판사님들이 그 사건 접수를 좀 막아 주셨으면 합니다."

"에이, 그게 되나."

"아무리 우리가 끗발이 날려도 그건 못 해."

아무리 판사라 해도 사건의 접수 자체를 막을 수는 없다.

더군다나 상대방이 그냥 일반인도 아니고 정식 로펌이라면 더더욱 말이다.

"압니다. 다만 그들에게 실익이 없다는 것을 알려 주면 될 것 같습니다만."

"실익이라니?"

"저들이 노리는 건 돈 아닙니까?"

"그렇지."

돈을 노리고 무차별적인 고소를 하는 것은 알고 있다. 문제는 그걸 막을 방법이 없다는 것.

"그러니까 그 돈을 못 벌게 하면 어떨까 하는 생각이 들어서요."

"그게 가능할 리 없지 않은가? 재판에서 자네들이 질 수밖에 없는데."

"뭐, 몇 개는 상황을 봐서 해 줄 수 있지만, 대부분은 그렇게 못 해. 자네 아직 그쪽에서 내놓은 증거 못 봤지? 대한민국의 쌍욕이란 쌍욕은 다 올라가 있다고. 그걸로 자네가 이겼다고 하면 법이 무너져."

"압니다."

노형진은 고개를 끄덕거렸다.

"누차 말씀드리지만 이길 생각은 없습니다. 의뢰인들도 자기 잘못에 대해서는 반성하고 있고요. 그리고 배상은 하겠다는 입장입니다."

"그런데?"

"하지만 그런 식으로 돈 벌 수 있다는 걸 알게 되면 이 새끼들만 아니라 다른 녀석들도 할 거라고 말씀드렸잖습니까. 우리나라에 범죄자가 몇 명이지요?"

판사들의 얼굴이 또다시 사색이 되었다.

한 명만으로도 이 지경인데 범죄자들이 모조리 그 짓거리를 시작하면 도무지 답이 없다. 진짜로 과로사할지도 모르는 상황.

"보아하니 자네에게 방법이 있나 본데."

"방법이 있지요."

노형진은 기회를 잡았다는 듯 눈을 반짝거렸고, 판사들은 눈을 반짝이다가 여자들에게 눈치를 줬다.

"다들 슬슬 2차 준비하지?"

"아, 네, 네……."

무슨 뜻인지 알고 우르르 나가는 여자들.

노형진은 판사들에게 몸을 기대고는 조용히 말하기 시작했다.

"일단은……."

"반성하고 있으니 선처 부탁드립니다."

노형진은 변론하러 가서 그 한마디만 하고 자리에 앉았다.

그러자 건너편에 앉아 있는 이재곤은 피식하고 비웃음을 날렸다.

'너도 방법이 없다 이거지.'

이 사건에서 노형진이 이길 수 있는 방법은 없다. 그러니 변론도 포기한 거라 생각하고 다시 판사를 바라보는 이재곤.

"원고 측, 더 이상 할 말 없습니까?"

"없습니다."

"그러면 다음 주에 결심하겠습니다."

마동욱은 기가 막혀서 말이 안 나왔다.

자신들이 아무리 합의할 의사가 없다고 하지만 방어할 의사도 없다고는 하지 않았기 때문이다.

"지금 아예 변론도 안 하시면……."

"변론했잖습니까."

이것이 법이다

"네? 하지만 선처를 부탁드린다는 말 한마디뿐이셨잖습니까?"

"압니다."

"그런데 그게 무슨 변론이에요?"

"변론한 거 맞으니까 걱정하지 마세요. 그저 돈을 어떻게 받을지만 생각하시면 됩니다."

"네?"

더군다나 돈을 내는 것도 아니고 돈을 받을 생각을 하라는 노형진의 말에 기가 막혀서 말이 안 나오는 마동욱.

"제가 마법을 보여 드릴 테니까 기다리세요. 후후후."

노형진의 말에 마동욱은 어이가 없다는 표정을 짓는 것 말고는 할 수 있는 게 없었다.

⚖

얼마 후 판결문이 왔을 때 마동욱은 침울한 표정이 되었다.

"결국 졌군요."

배상금 50만 원.

많은 돈은 아니지만 돈을 주기는 해야 한다는 것이다.

"처음부터 예상한 것 아닌가요?"

노형진은 판결문을 보면서 말했다.

"압니다. 하지만…… 그 개새끼한테 돈을 줄 생각을 하면…… 아오, 씨발 새끼. 지금 그 새끼는 돈 받는다고 좋아할 거 아닙니까."

이걸 받고 좋아할 우상춘을 생각하고는 이를 박박 가는 마동욱.

"아, 중요한 부분은 못 보셨네요."

"중요한 부분?"

"이 부분요."

노형진은 판결문을 들고는 어떤 지점을 마동욱에게 보여 줬다.

"이건?"

"읽어 보세요."

"재판 비용은 원고가 부담한다."

"네. 이게 중요합니다."

"어째서요?"

"중요하지요. 이 재판 비용에는 변호사 비용 역시 포함되거든요."

"네?"

"사람들은 대부분 재판 비용은 무심하게 넘어갑니다. 뭐, 상대적으로 적은 금액이니까요."

물론 변호사 비용 자체는 상당히 높다.

하지만 사람들이 모르는 것 중 하나가, 현실에서 주는 것과 법적으로 보장된 변호사비는 다르다는 것이다.

현실에서는 최하 300만 원부터 시작이지만 법에서 정한 변호사비의 최하는 40만 원.

이번에 노형진과 새론이 받기로 한 금액이다.

"그런데요?"

"다시 말하면 변호사비를 저쪽에서 물어야 한다는 거죠."

"네?"

소송비용은 저쪽에서 부담한다.

그건 생각지도 못한 반전을 불러왔다.

⚖️

"이……게 무슨……?"

우상춘은 자신에게 날아온 소송비용 확정 결정문을 보고 당황했다.

받은 돈, 아니 받아야 하는 돈은 50만 원인데 자신이 줘야 하는 돈은 70만 원이었던 것이다.

"50만 원은 상계하시고 나머지 20만 원은 주셔야 하는데요?"

노형진은 히죽거리면서 그에게 말했다.

"이게 말이나 되냐고! 이긴 건 나야!"

"네, 이긴 건 당신이지요. 하지만 돈을 받는 건 우리죠."

노형진은 우상춘을 보면서 싱글싱글 웃었다.

"이런 게 어디 있어!"

"법적으로는 가능합니다."

원래 소송비용은 패소한 쪽이 부담하는 것이 보통이다.

그러나 그건 어디까지나 원칙의 문제이지, 법적인 문제가 아니다.

"소송비용의 배분은 판사의 재량에 달려 있지요."

판사는 상황에 따라 재량껏 배당할 수 있다.

가령 7:3이나 5:5도 가능하고, 지금처럼 원고가 부담하는 것도 가능하다.

결과적으로 버는 돈보다 나가는 돈이 더 많게 할 수 있는 것이다.

'역시 공무원들이란.'

판사들은 이렇게 몰려드는 사건에 대해 부담을 느끼고 그걸 해결하기 위해 그들의 고발을 막을 방법을 찾고 있었다. 노형진은 그 부분에 대해 살짝 조언을 준 것이다.

이런 식으로 소송비용을 원고가 부담하게 한다면 버는 금액에 비해 나가는 돈이 더 많다.

물론 이걸 핑계로 항소할 수는 있다.

그러나 그때는 돈이 또 들어가는 데다가, 그런다고 해서 뒤집힐 거라는 확신도 없다.

'그리고 이건 기획 소송이라는 말이지.'

즉, 그 비용을 모두 지오에서 부담한다는 뜻인데, 한두 건도 아니고 수백 건을 항소하게 되면 그 부담은 어마어마하게 늘어난다.

1심에 비해 2심은 소송비용이 1.5배 더 늘어나도록 되어 있다. 만일 지게 되면 그 돈도 토해 내야 한다.

"이건……."

눈의 띄게 당황하는 우상춘.

'이렇게 될 줄 몰랐겠지.'

아마도 우상춘은 지오의 말에 혹해서 소송을 시작했을 것이다.

못해도 20억 중 10%만 받아도 2억이다. 감옥에서 몇 년간 허송세월해야 하는 그의 입장에서는 적지 않은 돈이다.

그러니 그들의 말에 따랐을 것이다.

"이걸 왜 나한테 달라고 해요! 지오에 달라고 해요! 지오에!"

"소송 당사자는 우상춘 씨 본인입니다. 지오는 대리인일 뿐이고요. 그러니 지오에 달라고 하는 게 아니라 우상춘 씨에게 청구하는 게 맞습니다. 불만이시면 지오를 통해 소송을 거쳐도 됩니다."

"미친……."

그러면 다시 돈이 든다.

당황해서 어쩔 줄 모르는 우상춘에게 노형진은 슬쩍 쐐기를 박았다.

"그러고 보니 소송한 사람이 몇 명이죠?"

"뭐라고요?"

"민사 들어간 사람이 오백 명쯤 되지 않나요? 아니지, 시간이 지났으니 더 들어갔겠군요. 한 1천 명쯤 되지 않을까요?"

얼굴이 사색이 되어 가는 우상춘.

"1천 명인가 보군요. 한 명당 대략 20만 원쯤 주신다고 하면, 2억이네요."

"헉!"

"강제집행은 저희가 알아서 할 테니 걱정하지 마시고 감옥에서 건강하게 생활하시면 됩니다. 나오시면 남은 게 없기는 하겠습니다만, 그래도 어쩌겠어요."

어깨를 으쓱하는 노형진.

그리고 우상춘의 손에서 판결문을 낚아챘다.

"그러면 집행하도록 하지요. 아, 맞다. 재산 명시 명령할 건데, 거기에 거짓말하면 형량이 늘어나시는 거 아시죠?"

노형진은 엄포를 놓자 당황한 우상춘.

그는 황급하게 벌떡 일어나서 노형진의 손을 잡았다.

"전 몰랐습니다! 전 몰랐어요! 그냥 지오에서 하자고 해서 한 거예요!"

"아, 그런 건 이제 와서 소용없고요."

"진짜라니까요! 소송비용을 그쪽에서 다 대 줄 테니 그냥 시키는 대로만 하라고, 그 대신에 20% 준다고 해서……."

"헐."

노형진의 예상대로였다. 지오가 모든 걸 준비한 것이다.

"그거 확실한 겁니까?"

이것이 법이다

"네. 계약서도 있어요."

"계약서도요?"

"네!"

"그거 언론에서 진술할 수 있습니까?"

"제발……! 시키는 대로 하겠습니다!"

2억이나 배상해야 한다는 말에 그는 바로 꼬리를 말았다.

"좋습니다. 그러면 그렇게 하도록 하지요."

노형진은 이때만 해도 승리할 거라 생각했다.

"취하?"

"응. 지금 법원을 통해 연락이 왔는데, 우상춘이 건 모든 사건들이 취하되고 있다네. 형사, 민사 모두."

"그 녀석들이군."

사실 2억을 안 주는 방법은 간단하다. 소를 취하하면 그만이다.

그러나 노형진은 우상춘을 통해 언론에 사실을 공개함으로써 야쿠자의 진출을 막으려고 했다.

그러자 지오가 먼저 나서서 소를 취하하기 시작한 것이다.

"젠장, 내가 너무 쉽게 봤어."

이재곤이라면 뭐든 할 거라는 것을 잊은 것이 실수였다.

노형진은 혹시나 하는 마음에 다급해졌다.

"구치소로 가자."

"구치소는 왜?"

"아무래도 우상춘이 불안해."

그는 노형진에게 기자회견을 해서 사실을 말해 주기로 약속했다. 그러나 이미 지오가 소를 취하하고 있는 상황이니 그에게 무슨 짓을 할지 알 수가 없었다.

"빨리빨리!"

서둘러서 구치소로 간 노형진.

그러나 그곳에 도착했을 때 본 우상춘은 자신이 봤던 때와 많이 달라진 후였다.

"어떻게 된 겁니까?"

"넘어진 겁니다."

그는 주변의 눈치를 보면서 대답했다.

물론 말도 안 되는 소리다.

'도대체 어떻게 넘어져야 눈에 멍이 드는 거야?'

눈에 든 멍, 부러진 팔, 전신에 가득한 붉은색의 흔적들.

누가 봐도 린치당한 거다.

"지금 자기 상황을 알고 대답하는 겁니까?"

"넘어진 거라니까요."

그렇게 말하면서 시선을 돌리는 우상춘.

"이걸 누가 넘어졌다고 봅니까?"

"넘어진 거예요."

그렇게 말하면서 문밖을 힐끗 바라보는 우상춘.

'감시 중이라는 거군.'

상식적으로 이렇게 린치를 당했는데 간수가 모를 수가 없다. 그렇다면 간수나 구치소장이 모른 척하고 있다는 소리다.

'젠장.'

야쿠자들이 들어오는 속도는 생각보다 빨랐다.

아니, 그들의 특성상 가장 먼저 교도소에 들어가 있었을지도 모른다. 조직원을 모으는 데 가장 좋은 곳이니까.

"진짜로 넘어진 겁니까?"

"네."

"그러면 기자회견을 하실 수는 있겠어요?"

"죄송합니다. 몸이 안 좋아서⋯⋯."

부르르 떠는 우상춘. 명백한 거절의 의미.

"단순히 넘어진 거라면서요?"

"더 이상 이야기하고 싶지 않습니다."

그는 자리에서 일어나더니 문 바깥을 향해 소리를 질렀다.

"간수! 내보내 줘요! 간수!"

"이봐요!"

"죄송합니다. 죄송합니다. 전 그냥 넘어진 거고 기자회견은 하지 않을 겁니다."

간수가 들어오자마자 후다닥 나가는 그의 뒷모습을 보면

서 멍하니 서 있는 노형진.

손채림은 그런 그의 등을 툭 쳐서 정신을 차리게 만들었다.

"힘들 것 같지?"

"아무래도."

저런 상황이라면 그는 절대로 증언하거나 기자회견을 하지 않을 것이다.

그리고 진실은 지금쯤 모조리 소각되고 있을 테고.

"야쿠자라……. 그 녀석들이 물러날까?"

"그럴 리 없지."

이번에야 실패했다고 하지만 그들이 물러날 가능성은 없다.

결국 언젠가는 그들과 다시 부딪칠 것이다.

"아무래도…… 긴 싸움이 되겠어."

노형진은 어두운 얼굴로 중얼거릴 수밖에 없었다.

개죽음? 개만도 못한 죽음

"이 세상에서 가장 싼 게 뭐라고 생각하나?"

"네?"

노형진은 서승진의 말에 어리둥절했다.

서승진은 새론의 변호사다. 그러나 노형진과 일한 적은 없다.

그럴 수밖에 없는 게, 그는 인권 변호사이기 때문이다.

보통은 인권 탄압이나 정치적 탄압 같은 사건을 담당하다 보니 일반적인 법적 사건을 담당하는 노형진과는 아무래도 거리가 있다.

그런데 그런 그가 노형진을 찾아와서 뜬금없는 말을 한 것이다.

"무슨 말씀이신지 잘 모르겠습니다."

노형진은 조심스럽게 답했다.

변호사로서도 대선배이고 그의 나이도 적지 않다 보니 아무래도 조심스러울 수밖에 없었던 것이다.

"사람의 목숨 말일세. 어느 정도 가치가 있다고 생각하나?"

"글쎄요……. 그건 상황에 따라 달라지겠지요."

이론적으로는 천부인권이니 어쩌니 하면서 사람의 목숨이 중요하다고 하지만, 돈과 권력과 엮이면 한 줌 가치도 없는 것이 또 사람 목숨이다.

그래서 무조건 '사람의 목숨이 중요합니다.'라고 말할 수는 없다.

"차가운 말이군."

"인권 변호사와는 좀 다르니까요. 무슨 일이신지요?"

"사람 목숨값을 좀 알고 싶어졌네."

"사람 목숨값을요? 누군가 죽이고 싶어지신 겁니까?"

그럴 리 없다는 걸 알면서도 되묻는 노형진.

"글쎄…… 그러고 싶을지도."

"네?"

"물론 진짜로 죽이겠다는 건 아닐세. 하지만 인간에 대한 실망을 이야기하고 싶은 거지."

"무슨 일이 있으십니까?"

"자살 사건을 하나 하고 있는데, 도무지 말이 안 되는 게 많아. 소위 말하는 의문사인데, 자네도 군대라는 조직을 알지 않나."

노형진은 눈을 찡그렸다.

그럴 수밖에 없는 게, 군 의문사라는 것은 대한민국의 고질적인 문제임과 동시에 도무지 답이 없는 사건이기 때문이다.

쉽게 말해서 살인범이 모든 권력을 가지고 있는 상황이라고 보면 된다.

예를 들어 군대에서 사람이 죽었다. 그렇다면 그 상황이 의심스러우니 조사를 해야 하지만, 군대에서는 자살이라는 말 한마디로 모든 걸 무마시켜 버린다.

'군대에서는 자살자에 대해 철저하게 무시하지.'

경찰이 일하기 싫어서 사건을 무시하는 것처럼 군대는 고의적으로 자살자나 의문사를 무시한다.

어느 정도냐면, 대한민국 군대에서 공식적인 자살자 통계는 없다.

아예 자살과 사망에 대한 통계조차도 내지 않으려고 할 만큼 그들은 군 내부의 사망 사고에 대해 무관심하다.

아니, 무관심하려고 한다.

"힘든 싸움을 시작하셨군요."

서승진 변호사는 지쳤다는 듯 등을 뒤로 기대어 앉았다.

"나도 늙은 건가⋯⋯. 지치는구먼, 허허허."

"그런 말씀 마세요. 삿대질 가장 많이 하는 변호사라고 소문 다 났습니다."

"허허허."

서승진은 그저 웃고 말았다.

"어쩌겠는가, 제대로 일이 진행 안 되는 걸 보면 화가 나는 걸."

"족히 10년은 더 하실 수 있을 겁니다. 그런데 이번 사건에 무슨 문제가 있나 보군요."

서승진은 고개를 끄덕거렸다.

인권 변호사는 집단을 이루어서 뭘 하지 않아 파워가 부족했고, 그 부분에 대해 새론에서 지원을 해 주기로 했기 때문에 수많은 인권 변호사들이 뭉쳐서 새론으로 들어왔다.

그리고 그게 새론의 힘이 되었고.

하지만 명목상으로 그런 것일 뿐, 비공식적으로는 인권 변호사들은 자기들의 사건을 알아서 해결해 왔다.

"저쪽에서 무리한 요구를 하더군."

"무리한 요구?"

"병사가 자살했다네. 아니, 자살을 했다고 그들이 주장하는 거지."

"그런데요?"

그런 경우야 어디 한두 번이란 말인가?

"그런데 피해자 가족에게 조사관이 잠자리를 요구했네."

노형진은 얼굴을 와락 찡그렸다.

"그게 무슨 말씀이십니까? 그런 미친놈이 있다고요?"

"애석하게도."

현병대의 중령 한 명이 피해자의 누나에게 잠자리를 요구했다는 것.

그러면 자신이 해당 사건을 조사해 주겠다고 했다는 것이다.

그러나 미치지 않고서야 그런 부탁을 들어줄 사람은 없고, 그걸 거절하고 채 일주일도 안 지나서 그 사건은 자살로 수사가 종결되었다.

"미친……."

"그 사건을 조사 중이기는 하지만……."

"방법이 없군요."

거기서 무슨 일이 벌어졌는지 알기 위해서는 증거와 증언이 필요하다. 문제는 이게 군 검찰의 사건이라 그걸 조사하는 게 군이라는 것이다.

그러니까 군 검찰이 '이건 자살입니다.'라고 못을 박고 조사 안 하면 그만이라는 것.

"그래서요?"

"일단 항의는 했지만……."

당연히 모른다고 딱 잡아떼고 있다는 것이다.

"자료를 요청해 봐야……."

"줄 리 없죠."

군대에는 마법의 주문이 있다. 바로 군사보안.

일단 군대라는 조직에 속해 있는 경우, 군사보안이라고 딱

지 하나만 붙이면 바깥에 정보를 넘겨주지 않아도 된다.

법원을 통해 영장을 받아도 주지 않기 일쑤이며, 그 경우는 방법이 없다. 군사시설이라는 특성상 강제집행이 불가능하기 때문이다.

'하긴……'

노형진은 자신이 군에서 군 검찰로 있을 때를 생각하고는 치를 떨었다.

내부의 썩을 대로 썩은 조직이 바로 군 검찰이다.

외부에 있는 경찰과 검찰 그리고 법원은 소속이 다르고 최소한의 견제를 하니 그나마 덜하지만, 군 사법 집행기관은 소속이 같다 보니 아예 서로 함께 썩어 문드러졌다.

바깥의 부패도가 10이라면 군 내부의 부패도는 못해도 70에서 80 사이. 높은 사람 낮은 사람 할 것 없이 부패가 극에 달했다.

심지어 하사관들조차 병사들이 먹을 물품들을 빼돌리는 게 현실이다.

"민사 넣어 봐야 별거 없겠죠."

"그렇지."

사망자 가족에게 성적 관계를 요구한 것은 분명히 증거로 있다. 그러니 그것에 대해 손해배상을 청구할 수는 있다.

문제는, 그런다고 해서 군 의문사가 밝혀지지는 않는다는 것.

'도리어 더 은폐하겠지.'

노형진은 이해가 간다는 듯 고개를 끄덕거렸다.

"방법이 없으신 모양이군요."

기껏해야 군 내부에서 징계를 좀 먹는 정도.

"징계나 제대로 되면 기적이지."

서승진 변호사는 안타깝다는 듯 말했다.

"그렇겠지요."

명백하게 피해자 가족이다. 그들에게 그런 터무니없는 요구를 할 정도의 인간이라면 상당한 힘을 가지고 있다는 뜻이다.

그리고 그런 인간이 제대로 징계받을 리 없다.

"민사를 해 봐야 그다지 큰돈을 받지는 못할 테고."

"동생이 죽었는데 돈이 무슨 의미가 있나? 그저 제대로 수사하고 싶은 것뿐일세."

"그게 가장 어려운 겁니다."

그 인간이 목적대로 사망자의 유가족과 잠자리를 했다고 해서 과연 사건 결과가 바뀌었을까?

'그럴 리 없지.'

군대에서 죽었다면 이건 일단 수사를 자살로 맞추고 한다고 봐도 무방하다.

"제게 그걸 해결해 달라는 말씀이십니까?"

"우리는 계속 졌으니까."

물론 가끔은 이기기도 했고, 그래서 진실을 밝혀내기도 했다.

그러나 그건 극히 드문 경우고, 대부분 조사조차도 하지 않고 그냥 수사한다.

"보통은 인권 사건은 안 합니다만……."

인권 사건은 돈이 되는 것도, 그렇다고 사회적으로 이름을 떨칠 수 있는 것도 아니다. 그리고 노형진의 전문 분야도 아니다.

"하지만…… 누군가는 해야 하지요."

노형진은 서승진을 바라보았다.

그가 돈 대신 인권을 선택한 덕분에 대한민국의 인권은 발전할 수 있었다. 자신도 그 특혜를 입은 세대인 것은 확실하다.

'은혜는 갚으라고 있는 거니까.'

그처럼 인권 변호사로 나갈 생각은 없지만 그를 위해 사건 하나 정도 해결하는 것은 어려운 일이 아니다.

"일단 제가 해 보겠습니다."

"고맙네."

고개를 끄덕거리는 노형진.

서승진은 그런 그의 두 손을 꼭 잡으면서 감사를 표했다.

⚖

"이건 아무리 봐도 말이 안 되는데."

사건 기록을 보면서 노형진은 고개를 갸웃했다.

군부대의 기록에 따르면 그는 초병 근무 중에 자살할 목적으로, 같이 근무하던 선임병이 바깥으로 나간 사이에 가슴에 총을 대고 방아쇠를 당겼다고 한다.

"이게 말이 안 된다고? 그럴 수도 있잖아?"

"여자들은 군알못이니까 그렇지."

"군알못이 뭔데?"

"군대를 알지 못하는 사람."

노형진은 그렇게 말하면서 서류를 탁 덮었다.

"일단 초소 근무를 하는데 선임병이 바깥으로 나가는 경우가 흔한 줄 알아? 나간다고 해도 잠깐 오줌 누는 정도지, 그렇게 오래는 안 있는다고. 더군다나 사건이 일어난 계절은 겨울이야."

"응? 안 나가?"

"안 나가. 미쳤냐. 더군다나 더운 여름도 아니고 엄동설한인 1월에?"

그 사건 기록에 따르면 부대는 산에 있다.

물론 대부분의 군부대는 산에 있다.

그리고 군인들은 안다, 군대에는 딱 여름과 겨울만 존재한다는 것을.

"이 추운 날씨에 선임병이 바깥으로 장시간 나간다고? 그건 말도 안 되는 일이지."

보통 이런 경우 선임병은 후임에게 장교가 순찰 오는지 잘보라고 하고는 바람이 들어오지 않는 초소 내부에서 잠을 자거나 한다.

물론 사람마다 다르기는 하지만, 어찌 되었건 후임병이 바깥에 나가 달라고 해서 나가는 인간은 없다.

"뭐, 그 사람이 네가 말한 대로 오줌 누러 나갔을 수도 있잖아."

"그럴 수는 있어. 하지만 보통은 안 나가. 네가 군대 근무복을 안 봐서 그래. 오줌 한번 누는 게 쉬운 게 아니라고. 그래서 보통은 근무 나가기 전에 미리미리 다녀와."

동계 근무복은 상당히 두껍다.

두꺼울 수밖에 없다. 영하 20도를 넘나드는 바깥에서 온열기도 없이 몸만으로 버텨야 하기 때문이다.

그렇다 보니 내복에 군복은 기본으로 입고, 활동복을 안에 입은 뒤 거기에 '깔깔이'라고 하는 방한 내피와 방한 외피, 동계 설상복까지 겹겹이 걸치고 나간다. 그런데도 얼어 죽을 것 같은 게 현실이다.

오줌을 누려면 그 모든 걸 벗어야 하니 당연히 쉬운 일이 아니다.

"설사 진짜로 오줌 누러 나간다고 해도, 아무리 껴입었다고 하지만 오줌 누고 오는 시간이 긴 건 아니야. 진짜 자살하려고 마음먹고 있었다면 모를까, 그 짧은 시간에 뭔가를 생각하고 '아, 씨발. 자살해야겠다.'라고 생각해서 실행하겠어?"

그건 말도 안 되는 소리다.

채 5분도 안 되는 그 시간에 자살을 결심하고 실행까지 하는 경우는 없다.

"미리 결심했다면?"

"그렇다면 티가 나지. 하지만 이 진술서를 봐."

군대에서 나오는 돈은 많지 않다. 더군다나 일병의 월급은 뻔하다.

그런데 성우민은 자살 일주일 전 군대에서 모은 돈으로 취미였던 피규어를 구매해서 집으로 보내 놨다고 했다.

"너 같으면 자살을 고민하는 와중에 피규어를 사서 집으로 택배로 보내겠냐? 그것도 그 박봉을 모아서?"

"아……."

피규어의 가치는 그 형태에 따라 다르지만, 진술서에 따르면 대략 25만 원 정도의 가치를 가지고 있다고 했다.

일반적인 일병의 월급을 생각하면, 꼭 써야 하는 최소한의 돈만 빼고 모조리 아끼지 않으면 사지 못하는 금액이다.

"자살자의 특징 알지?"

"알지."

신변을 정리하고 물건을 다른 사람에게 주거나 어떤 방식으로든 자살의 낌새를 보인다.

"하지만 취미를 위해 큰돈을 들여서 물건을 산다는 증후는 없어. 자살자의 특징을 반대로 생각하면 자살 가능성이 낮아진다는 거지."

"흠……."

고작 일주일 전에 그걸 주문한 사람이 갑자기 '아, 난 자살해야지.' 하고 결심할 리 없다.

"더군다나 일병 휴가까지 앞으로 보름 남았다고."

일병 휴가는 원래 일병이 되면 바로 나가게 되어 있지만 그렇지 못한 게 현실이다. 그래서 거의 1년이 다 되어 가야 나가는 경우도 많다.

성우민의 경우는 무려 10개월 만에 잡혀 있는 휴가였다.

"확률적으로 보면 자살할 부분도 전혀 없었어. 심지어 죽기 전날에 부모랑 통화했을 때도 문제가 없었고."

통화하면서 휴가를 가면 뭐를 먹고 싶다고 이야기까지 했다고 기록되어 있다.

"보통 자살을 생각하는 사람은 부모님에게 미안하다, 사랑한다 같은 말을 많이 하지, 자기 이야기는 안 해."

"그런가?"

"그리고 그 자살한 상황도 말이 안 돼. 자살을 하는데 가슴에 쏠 리가 있나?"

"그게 불가능해?"

"불가능하지는 않지. 하지만 상당히 힘든 자세야."

노형진은 구석에 가서 구두칼을 꺼내 들었다.

"음…… 총의 길이가 좀 더 길기는 하지만 어찌 되었건 가슴을 조준하기 위해서는 이런 형태가 되어야 하거든."

구두칼의 끝을 대고 쭈욱 허리를 빼는 노형진.

어떻게 거리가 나오는 듯하기는 했지만, 자세가 어정쩡하기는 했다.

"보통 총기를 이용한 자살은 비스듬하게 아래로 총을 늘어트리고 입으로 문다거나 턱 아래에 총구를 조준해서 방아쇠를 누르는 형식으로 이루어져. 권총이라면 모를까, 길이가 긴 형태의 총이라면 그런 식이라고 봐도 무방하지."

한국에서야 총이 있는 곳이 군대와 경찰뿐이니 대부분 잘 모르겠지만 미국에서는 심심하면 터지는 게 총기 사고이고 총기를 이용한 자살이다. 당연히 그 증거가 명확할 수밖에 없다.

"그렇다는 건?"

"그냥 때려 맞춘 거지, 자살로."

그렇지 않다면 이런 황당한 조사 결과가 나올 수는 없다.

"더군다나 초소가 그렇게 넓은 공간이 아니야. 아무리 한 명이 바깥으로 나간다고 해도 말이야."

노형진은 그렇게 말하면서 다시 한 번 기록을 살폈다.

"군 검찰의 조사 결과는 볼 의미도 없고."

어차피 자살로 맞춰진 것이니까 그걸 참조할 수는 없다.

"그러면 누군가 죽였다는 거잖아?"

"사실 그런 의심이 더 합리적이지."

누군가 그의 가슴에 대고 방아쇠를 당겼다는 것이 맞는 말이다.

"선임병은 왜 말을 안 해? 뭐든 봤다면 말하면 되잖아?"

"말을 할 수가 없는 거지."

"지금쯤이면 어차피 민간인이잖아. 이제는 말해도 되지 않아?"

"그게 이상한 거지."

그 자리에 있던 사람은 증인인 선임병뿐이다.

노형진은 그 증인의 신분을 확인했다.

사건 당시 21세, 만두성. 그리고 현재는 대학생.

그러니 사실을 말하는 데 문제가 없다. 이제는 민간인이니까.

그런데 그는 뭔가를 감추고 있었다.

"서승진 변호사님의 말씀으로는, 자신들도 몇 번이나 그와 접촉을 하려고 했다고 했어. 하지만 그쪽은 접촉을 거부하고 있다고 했지. 학교로 찾아가자 경찰을 불렀다고 하고."

그 현장을 알고 있는 유일한 사람이고 또 유일하게 바깥에 있는 사람이다. 그러니 어떻게 해서든 그의 도움을 받아 사실을 밝혀내려고 했다.

그러나 그는 어떤 형태로든 가족들과의 만남을 거부하는 상황.

"일단 그 녀석이 어떤 녀석인지 만나 보는 게 제일 중요할 것 같다."

노형진은 그렇게 말하면서 자리에서 일어났다.

"야! 간다고 해서 그 녀석이 만나 주겠어? 절대로 안 만나
려고 한다면서?"

"만나러 가는 게 아니라면 상관없지."

노형진은 히죽 웃으면서 캐비닛에서 뭔가를 꺼내 들었다.

그걸 본 손채림은 탄성을 내질렀다.

"헐. 왜 그런 게 있냐?"

"그냥 로망."

"로망이 다 얼어 죽었다?"

"난 가방끈이 짧잖아."

"웃겨, 아주."

그러면서도 자리에서 일어나는 손채림.

"너도 가게?"

"원래 캠퍼스는 여자랑 같이 거닐어야 하는 거야."

"아, 아주머니는 취급 안 함…… 끄아악!"

노형진의 비명이 사무실에 울려 퍼졌다.

⚖

"아무도 의심 안 하네."

"아니, 의심할 게 뭐가 있어?"

노형진은 오늘은 정장 차림이 아니었다. 대학생들이 입을
만한 캐주얼한 옷을 입고 대학 내부를 거닐고 있었다.

변호사라고 하지만 아직은 젊은 나이였기 때문에 그렇게 하고 나가니 누구도 의심하지 않았다.

"나야 뭐, 의심을 안 하지. 정상적이라면 아직 대학에 있어도 이상하지 않을 나이니까."

히죽 웃으면서 손채림을 바라보는 노형진.

"그러는 누님은 왜 졸업 안 해요?"

"맞을래, 너?"

엄밀하게 말하면 손채림과 노형진은 동갑이다.

그러나 대학에서 노형진의 나이에 일반적으로는 군대도 다녀오고 그러면 남아 있을 수 있다. 하지만 여자는 군대에 가지 않으니 보통은 졸업한 나이다.

"후후후."

웃으면서 학교 안을 거니는 두 사람.

누가 보면 행복한 커플이 데이트하는 거라고 생각하겠지만 두 사람은 놀러 온 게 아니었다.

"저기 있네."

멀찌감치 보이는 사람을 손채림이 먼저 알아봤다. 만두성이었다.

사고 당시에는 스물한 살이었지만 이제는 상당한 나이가 된 듯한 모습.

"아마도 졸업반쯤 되겠네."

군을 제대하고 나서 복학했다면 이제는 졸업반일 나이.

"그런데 뭐라고 할 거야?"

"응?"

"다짜고짜 접근해서 물어본다고 한들 대답할 리 없잖아?"

실제로 서승진도 그를 만나서 물어보려고 찾아갔지만 그가 한 행동은 경찰을 부르는 것이었다.

"일단은 살펴보자고."

노형진은 만두성에게 섣불리 접근할 생각이 없었다.

그가 어떤 이유에서인지 이쪽과 거리를 두려는 건 알고 있다. 그러니 자신이 접근해 봐야 대화해 줄 리 없으니.

"보통 이럴 때는 접점을 만들어서 친하게 지내는 게 중요하거든."

그냥 다짜고짜 접근해서 사실을 말해 달라고 하는 것보다는 일단 어떤 방식으로든 친해진 뒤에 나중에 양심에 호소하는 것이 시간은 걸릴지언정 확실한 방법이기 때문에 노형진은 그럴 생각으로 그를 조용히 따라다녔다.

그에 대해 알아야 친해질 수 있으니까.

그러나 그를 조용히 따라다니던 노형진은 그의 행동을 보고 의심이 들기 시작했다.

"이상한데?"

"왜?"

"아니, 좀 행동이……."

"뭐가? 이상해? 정상이구먼."

여자들과 희희낙락거리면서 다니는 그 모습은 그다지 이상한 게 없었다.

"일반적인 예비역 같지 않잖아?"

"뭐, 돈이 많은가 보네. 그러니 저런 거겠지. 딱 봐도 옷도 명품이구먼."

대수롭지 않게 말하는 손채림.

하긴, 저런 식으로 느긋하게 대학 생활을 하는 것은 어려운 일이 아니다. 돈만 있다면 말이다.

"돈 많다고 질투하는 거야? 아니면 돈 많으니까 의심하는 거야?"

"내가 그럴 인간이냐? 돈 많다고 질투할 거였다면 내가 죽어도 벌써 죽었다."

"하긴."

대한민국에서 노형진만큼이나 돈 많은 사람이 얼마나 되겠는가? 현금만으로 치면 그의 돈은 어마어마할 것이다.

"내가 이상하다고 생각하는 건, 그에게 트라우마의 모습이 보이지 않는다는 거야."

"응?"

"너, 총 맞아 죽은 시체 본 적 없지?"

"그거야……."

손채림이 그런 시체를 볼 일이 뭐가 있겠는가?

"그게 좋은 꼴은 아니거든."

"그런데?"

"기록에 따르면 만두성이 그 최초 발견자야. 그렇다면 어떤 충격을 받아야 하는데 말이지."

그런 모습을 전혀 보이지 않고 있었다.

"돈이 많으니 제대로 치료받을 수 있었나 보지."

"그런가……."

노형진도 자신이 너무 앞서 나갔나 하는 생각이 들었다.

'하긴, 사람마다 충격의 정도가 다르기는 하지.'

자신만 해도 사람을 죽여 본 경험이 있다.

그렇지만 멀쩡하게 잘 살았다. 정상적인 상담 치료를 받아서 가능했다.

당연히 만두성도 치료를 받지 말라는 법은 없다.

"일단은 두고 보자고."

노형진은 그렇게 말하면서 그를 따라다녔다.

그렇게 얼마나 지났을까? 그가 간 곳은 학교의 카페테리아였다.

그런데 그곳에서 어떤 학생과 마주쳤다. 상당한 덩치를 가진, 안경을 쓴 남학생과 말이다.

그거야 흔하게 벌어지는 일이기는 하다. 문제는 그 마주친 것이 우연이 아니라는 것.

다른 곳으로 가던 만두성이 멀리서 그를 보고 방향을 바꿔서 그쪽으로 간 것이다.

노형진은 서로 아는 사이라고 생각했다. 그러나.

"아휴, 오덕 냄새. 어디서 오덕 냄새 안 나냐?"

명백하게 누군가를 바라보면서 비웃듯이 말하는 그 모습.

남자는 당황한 듯했고, 주변에 있던 여자들은 그 모습을 보고 깔깔거렸다.

"오덕 냄새가 심하기는 하지."

"난 모르겠는데?"

"난 말이야, 오덕에 대해 잘 알아. 그 새끼들이랑 한번 살아 봤거든. 그런데 오덕은 답이 없어요. 그냥 죽는 게 세상에 도움이 되는 놈들이야. 아휴, 오덕 냄새 봐라. 진동을 하네, 진동을."

남자는 당황해서 그곳에서 멀어져 갔고, 만두성은 낄낄거리면서 카페테리아 안으로 들어갔다. 여자들과 차라도 한잔 할 모양이었다.

그런데 노형진은 따라 들어가는 게 아니라 그 자리에서 우뚝 멈춰 버렸다.

"왜 그래?"

"아무래도 뭔가 이상해."

"뭐가?"

"아까 저 녀석이 하던 말이 걸려서."

"무슨 말."

"오덕을 무시했잖아?"

"그런데?"

"전에 기록에서 사망자가 주문한 게 뭐라고 했지?"

"피규어였지."

"뭔가 걸리지 않아?"

"아!"

만일 그런 일이 있었고 상대방의 시신을 발견한 게 자신이라면 그런 무시는 하지 않을 것이다.

그런데 상관도 없는 사람까지 도발하면서 애써 무시한다는 게 이해가 되지 않았다.

"만두성의 행동에서 보면 오덕에 대한 증오가 느껴진단 말이지."

"그런데?"

"잠깐만……. 뭐 좀 확인해야겠어."

노형진은 몸을 돌려서 그들에게서 멀어지는 남자에게 다가갔다.

그리고 그와 잠깐 이야기하더니 그를 데리고 어느 커피숍으로 향했다.

"노형진이라고 합니다. 이쪽은 손채림이고요."

간단한 자기소개 이후에 시작된 이런저런 이야기.

그 남자는 만두성의 동기였다.

친구까지는 아니지만, 그래도 같은 동기였다. 사이는 좋지 않지만.

"아까 보니까 만두성이 무척이나 싫어하는 것 같던데요 무슨 일 있습니까?"

"모르죠."

"네?"

"그 녀석, 원래 성격이 안 좋았어요. 그런데 군대에 다녀와서는 절 무지하게 혐오하더라고요. 거의 죽일 분위기던데요?"

씁쓸하게 웃는 남학생.

"그게 무슨 말입니까?"

"제 취미를 문제 삼더군요."

"취미요?"

"네."

그는 피규어를 비롯한 여러 가지 캐릭터 상품을 모으는 게 취미였다.

물론 그게 나쁜 거라고 생각하지 않았다. 그걸 위해 범죄를 저지르거나 나쁜 일을 한 게 아니니까.

그래서 딱히 감추거나 하지도 않았다.

사실 1학년 때까지만 해도 그다지 문제가 없었다.

"문제는 저 녀석이 군대를 다녀와서부터였어요."

그 전에는 취향도 다르고 성격도 달라서 동기라고 하지만 이름만 알 뿐 아는 사이도 아니었다고 한다. 심지어 전화번호도 서로 몰랐다고 한다.

"그런데 군대에 다녀온 이후부터 이상할 정도로 저를 혐오

하더군요."

"혐오?"

"네."

오덕 냄새가 난다는 둥 오덕 새끼들은 다 죽여야 한다는 둥 제대로 삶을 살지도 못하고 덕질하느라고 인생을 낭비한다는 둥, 자신뿐만 아니라 오덕, 아니 캐릭터에 관심 있는 사람들에게 모두 극단적인 분노를 표현하기 시작했다는 것이다.

"돈이 있다 보니까 그 주변에 패거리가 있는데, 그 녀석들이랑 같이 저랑 몇몇을 마구 괴롭히더군요."

"패거리요? 아까 그 여자들?"

"네. 뭐, 그 새끼 돈 노리고 모이는 여자들이니 제가 덕질하는 대상보다는 더 못한 놈들이지만."

노형진이 피식 웃었다.

그 역시 대상은 다르지만 덕질을 하는 처지가 아닌가?

"하여간 그런 식으로 우리를 무시해요. 처음에는 좋게 좋게 이야기하던 애들도, 그런 식으로 자꾸 다른 사람들을 매도하니까 그다지 좋게 안 보고."

덕질을 한다고 해서 사회생활을 못하는 건 아니다. 취미는 취미일 뿐이다. 그걸 대부분의 사람들은 이해를 한다.

그런데 그가 그런 식으로 자꾸 분란을 일으키자 다들 그를 슬슬 피한다고 한다.

"사회적으로 방해받거나 하는 건 없고요?"

"아직은 학생이니까요. 뭐, 그 새끼는 공부를 잘하는 것도 아니고."

그에 반해 그는 덕질을 하면서도 전액 장학금을 받으며 다닐 정도로 공부를 잘하고 능력 있는 사람이다.

"덕에 대한 증오라……."

"전에는 안 그랬는데 왜 갑자기 저딴 식으로 구는 건지 모르겠네요."

남학생은 어깨를 으쓱했고, 노형진은 왠지 알 것 같다는 표정이 되었다.

"어쩌면…… 사건의 방향이 달라졌는지도 모르겠군."

"네?"

"아, 그런 게 있습니다."

노형진은 심각한 얼굴로 곰곰이 생각에 빠질 뿐이었다.

⚖️

"만두성을 의심해 본 적 없냐고?"

"네. 사실 그런 말이 있지 않습니까? 범인은 현장에 가장 가까이 있다."

그는 현장을 가장 먼저 발견한 사람이고, 또 가장 먼저 신고한 사람이다. 그러니 만일 이 의문사가 살인이라면 그가 가장 의심스러울 수밖에 없다.

"우리도 바보는 아닐세. 그를 의심했지. 하지만 조사 자체가 불가능한데 어쩌겠나? 의심만으로는 아무것도 못 하지 않나."

"그런가요?"

"그래. 그리고 또 한편으로 이해가 안 가는 게, 아무리 그래도 그가 쓴 거라면 살인인데, 군대에서 살인까지 은폐해 줄까 하는 생각도 들었네."

"하긴, 그렇기는 한데."

군대에서 사건을 감추는 대표적인 경우는 뭔가 상부에 문제가 될 때다. 그런데 살인 같은 경우에는 그 문제가 너무 심각하기 때문에 자신의 실책을 감출 목적으로 자살로 몰아가는 경우는 상당히 드물었다.

"더군다나 그의 아버지는 평범한 회사원이야. 대기업에 다니기는 하지만 고위직도 아니고."

"흠."

노형진은 그 부분에서 이상하다는 생각이 들었다.

"왜 그러나?"

"그 녀석의 생활 패턴을 추적했습니다만, 이상한 모습을 보이더군요."

"이상한?"

"네."

군을 다녀와서 오덕에게 극도의 혐오감을 표출한다는 것

이다.

"그게 무슨 문제가 되나?"

"되지요. 피해자가 오덕이었으니까요."

"응?"

"그는 부대에서 돈을 모아서 피규어를 살 만큼 그쪽에 심취해 있었습니다. 물론 그게 나쁜 건 아니죠. 취미니까. 하지만 색안경을 끼고 보는 사람이 존재하기는 합니다."

"그거야 알지."

오덕이라고 하면 사람들은 무시하고 약간 무능력한 미친놈 쯤으로 보지만 사실 오덕은 취미 생활을 하는 사람일 뿐이다.

전문적으로 오디오에 취미를 가진 사람은 오덕이라고 하지 않는다. 마찬가지로 차량 개조에 취미를 가진 사람을 오덕이라고 하지 않는다.

하지만 캐릭터에 취미를 가지고 있으면 오덕이다.

"어차피 그들은 남에게 피해를 주지는 않습니다."

"알아. 그게 이번 사건과 무슨 관계가 있단 말인가?"

"문득 그를 보다가 합리화가 아닐까 하는 생각이 들었습니다."

"합리화?"

"네."

어떤 일로 인해 사람을 죽였다. 그런데 사람을 죽이는 것은 아무리 정당한 사유가 있다고 해도 상당히 충격적인 경험이다.

"그럴 때 가해자들이 가장 먼저 보이는 방어기제가 합리화입니다."

"합리화?"

"네, 저 인간은 죽을 만한 놈이다, 세상에 도움이 안 되는 쓰레기다 하는 식으로 자기 합리화를 하는 거죠. 그래서 자신이 정당하다는 느낌이 들도록. 그가 보여 준 모습이 그것과 비슷하더군요. 그런 경우 비슷한 타입의 사람을 만나면 극도의 혐오감을 보입니다. 그가 학교에서 비슷한 취미를 가진 사람에게 보인 모습과 같죠. 자기 합리화를 위해 그런 타입의 사람은 쓰레기 취급하게 되는 거죠. 보통은 사고로 누군가를 죽였을 때 많이 나타납니다. 그것과 비슷한 모습을 보여서요."

"합리화라……."

사람이 뭔가에 극단적 혐오를 가지는 경우는 상당히 드물다. 그것에 피해를 입지 않으면 대부분은 속된 말로 개, 닭 보듯 바라보는 경우가 대부분.

그런 점에서 보면 확실하게 의심스럽기는 하지만 여전히 문제가 없는 것은 아니다.

"도대체 국방부에서 뭐가 아쉽다고 일반 병사의 살인을 감춰 준단 말인가? 이유가 없지 않나?"

"그건 그렇지요."

물론 국방부에서 사건을 은폐하는 거야 한두 번이 아니기는 하지만 그래도 다 이유가 있어서 그러는 것이다.

당연히 일반 병사의 살인 같은 것은 감출 일이 아니다. 여러 가지 문제가 꼬이기 전에는 말이다.

'고문 묵인 같은 거 말이지.'

가혹 행위 같은 걸 장교들이 통제라는 미명하에 묵인하다가 사고가 나면 불똥이 커지니까 사고로 처리하는 경우가 적지 않다.

그러나 그랬다면 흔적이 남아야 하는데 흔적도 없고 관련된 이야기도 없었다.

'단순 승진의 문제가 아니야.'

대표적인 문제는 사고를 그대로 보고하면 자기 승진이 막히니까 감추는 거다.

군대는 잘한다고 칭찬을 하는 조직이 아니라 못한다고 벌을 주는 조직이라 잘못을 감추려고 하는 것이다.

"그걸 가지고 살인을 감추는 건 좀 말이 안 된다고 생각하네. 그래서 만두성에 대해서는 의심하기는 하지만 방법은 없고, 솔직히 만두성을 지키기 위해 살인을 은폐한다는 것도 이상하고."

처음에 그를 의심하기도 했다. 필요 이상으로 자신들을 만나는 걸 거절했으니까.

하지만 그를 의심할 마땅한 이유도 없는 상황에서 무조건 계속해서 그를 의심할 수는 없는 노릇이었다.

"무엇보다 군이 그를 보호할 이유가 없다는 게⋯⋯."

"그건 그런데⋯⋯."

노형진은 머리를 북북 긁었다.

아무리 생각해 봐도 만두성을 군대에서 보호할 이유가 없다.

'하지만⋯⋯.'

그 말고는 또 이렇게 사건을 감출 이유 역시 없다.

이 사건의 모든 의문점은 만두성이라는 존재를 끼워 넣으면 해결이 되기 때문이다.

"부모가 문제가 아닌 거 아냐?"

"응?"

두 사람이 그렇게 고민하는 사이에 옆에서 조용히 듣고 있던 손채림이 문득 무슨 생각이 들었는지 그렇게 말했다.

"무슨 소리야? 부모가 문제가 아니라니?"

"아니, 아까부터 만두성의 부모가 문제가 아닐까 했잖아."

"그렇지."

"그런데 뭐, 내가 형진이 네 말마따나 군알못이기는 하지만 만두성 부모라고 해 봐야 나이가 얼마나 되겠어? 군인으로서 그다지 높은 자리에 있을 것 같지는 않은데?"

"무슨 소리야? 군인이 아니라니까. 회사원이라니까."

"내 말이. 그 사람이 군인이 아니라고 했지, 다른 사람이 군인이 아니라는 소리는 아니잖아."

"응?"

"그 나이대를 생각해 보면, 할아버지쯤 되면 상당히 높은 자리에 있을 것 같은데."

노형진과 서승진은 멍하니 서로를 바라보았다.

그리고 노형진은 혹시나 하는 마음에 서승진에게 물었다.

"혹시 만두성의 할아버지에 대해서는 알아보셨습니까?"

"알아봤네. 그 역시 그냥 사업을 하는 사람이야. 군 쪽은 관련이 없어."

"아, 그럼 아닌가?"

손채림은 자신이 생각이 틀렸나 보다 하고 생각했다.

그러나 노형진은 다른 생각을 했다.

"외가 쪽은요?"

"외가?"

"네."

생각해 보면 외가도 가족이다. 하지만 대한민국의 대부분의 사람들은 친가만 의심하지, 외가를 의심하는 경우는 드물다. 그만큼 거리가 있는 것이다.

심지어 기업들조차 할머니, 할아버지가 돌아가신 것에 대해서는 휴가를 주지만 외가 쪽은 안 주는 경우가 비일비재하다. 남이라고 생각하는 것이다.

"그렇지만 외가 쪽 입장에서는 어찌 되었건 손자 손녀 아닙니까?"

"외가 쪽은…… 전혀 생각 안 했는데."

외가 쪽, 그러니까 어머니 쪽은 의심할 이유도 없었고 또 관련도 없다고 생각해서 전혀 생각도 못 하고 있었다.

"만두성 어머니 이름이 뭔데요?"

"그건…… 모르겠네."

서승진은 아차 하는 얼굴이 되었다.

지금까지 그쪽과 접촉하려고 할 때마다 아버지가 나섰지, 어머니는 한 번도 나선 적이 없었다.

"아무래도 한번 알아봐야겠군요."

의심의 씨앗이 무럭무럭 자라기 시작했다.

⚖

"음……."

얼마 후 손채림이 조사 결과를 가지고 왔고, 그걸 들은 노형진과 서승진은 자신들이 큰 실수를 했다는 것을 알아차렸다.

"만두성의 외가 쪽에 장군이 있었어요."

"장군이 있어?"

"네. 외할아버지는 아니고 이성문이라고, 외삼촌이 장군이에요. 그것도 3성장군."

"중장이라고?"

"네."

그렇다면 문제가 된다.

중장의 파워는 어마어마해서, 실제로도 살인 사건을 자살로 묻어 버릴 정도는 충분히 된다.

　일반인들은 '설마 그 정도 되겠는가.'라고 이야기할지 모르지만 애초에 군이라는 집단에서 중장은 절대적 존재이다.

　"3성이라……."

　"소속이 3군 사령부라고 되어 있는데."

　"3군 사령부?"

　"응, 왜?"

　"아…… 어쩐지."

　서승진은 머리를 부여잡았다.

　그동안의 모든 것이 한 방에 해결되는 느낌이었다.

　"그 사고가 난 부대가 바로 3군 소속일세."

　"그렇다면?"

　"직속상관인 셈이지."

　3군 사령부의 3성장군. 거기에 그 아래 부대에 배치되어 있는 조카라…….

　"미친……."

　그 경우 가지는 영향력은 어마어마할 수밖에 없다.

　시쳇말로 군대에서 준장, 그러니까 1성 한 명만 떠도 부대가 벌벌 떨면서 며칠간 청소를 하고 돌을 골라내는 게 일이다.

　실제로 모 부대 사령관이 철쭉을 좋아한다는 이유 하나만으로 해당 부대원들은 전 산을 모조리 뒤져 가면서 철쭉을

캐다가 수년간 잘 자라던 나무를 모조리 잘라 내고 심어야
했다.

"중장, 그것도 직속상관이라면 손가락 하나로 산을 움직
일 수 있지요."

그런 자들에게 살인을 무마하는 것쯤은 일도 아닐 것이다.

"이 무슨 개죽음이란 말인가."

어떤 이유에서인지 모르지만 만두성이 살인을 저질렀을
가능성은 높다.

그러자 부대에서 아주 조직적으로 자살로 몰아간 것이다.
그 후에 모든 것을 무마시켜 버린 것이고.

"개죽음이라……. 이건 개죽음도 못한 겁니다. 개만도 못
한 거죠."

최소한 개는 심심해서 죽이는 경우는 드무니까.

"3성장군이라니……."

서승진은 마음을 독하게 먹었다.

"이렇게 되면 처음부터 새로 시작해야 하네."

3성장군이 끼어든 사건의 조작이 어떻게 되었는지는 알
수가 없다.

확실한 것은 정상적인 조사가 이루어졌을 가능성은 제로
라는 것.

즉, 그쪽에서 내놓은 모든 사건 자료, 주장 그리고 조사
결과는 가짜라고 봐야 한다.

"문제는…… 어떻게 조사하느냐 하는 걸세."

"네?"

"엄밀하게 말하면…… 우리가 군대를 조사할 권한이 없지 않나?"

그건 경찰도 마찬가지다.

하물며 경찰도 조사에 자신들이 끼어드는 것을 극도로 싫어하는데, 군대는 어떻겠는가?

국가 기밀이라는 이름하에 모든 것을 은폐하고 감추며 비밀리에 실행한다. 그러니 조사는 애초부터 불가능하다고 보면 된다.

"해야지요."

그러나 노형진은 물러날 생각이 없었다.

여기에서 물러나면 바뀌는 것은 아무것도 없다. 앞으로도 누군가는 억울하게 죽을 테고, 살인범은 떵떵거리면서 살 것이다.

"필요하다면 해야 합니다. 그게 변호사니까요."

그는 이를 악물었다.

예상치 못한 도주

　노형진은 만두성이 핵심이라는 것을 알아차렸다. 어떤 이유에서인지 만두성을 보호하고 있다는 것.

"그 녀석이 범인일까?"

"그럴 가능성이 높지."

"흠……."

　만두성이 보인 모습이나 기타 모습들을 보면 그가 범인인 것은 확실하다.

　그리고 국방부에서 그를 보호하려고 하는 이유도.

"중장급의 힘이 그렇게 세? 난 사실 잘 모르겠어."

"군대에서?"

"어."

"쉽게 말해서 군대와 사회는 별개의 국가라고 보면 돼."

"별개의 국가?"

"그래. 그쪽은 왕정의 형태이고 장군이면 귀족이지. 왕정 국가로 치면 최소한 백작급 이상."

"헐. 하지만 군대라는 곳은 한국의 일부잖아?"

"그러니까 문제인 거야."

한국과 사회의 일부로 작용해야 하는 군대라는 조직이 자기만의 규칙과 이기심으로 뭉쳐서 움직이기 시작하자 엄청난 패악이 된 것이다.

"백작이라⋯⋯."

"그 이상이지. 지금 기준으로 생각하면 안 돼. 중세의 백작급이라고 봐도 무방해."

"중세의 백작급?"

"그래."

현대에도 귀족 작위를 유지하는 국가는 있다. 하지만 그런 곳은 대부분 그냥 명예직이다.

그러나 군대는 명예직이 아니다.

"그 당시에처럼 죽이려고 하면 죽이는 건 일도 아니라는 거지."

"설마."

"설마라고 생각해?"

노형진은 씁쓸하게 웃으면서 말했다.

"군대 갔다 온 사람한테 물어봐."

사람에 따라 다르겠지만 대부분의 사람들은 장군급이 가지는 파워를 확실하게 느끼고 있다.

"물론 현대이고 21세기인 만큼, 그때처럼 마음에 안 든다고 마음대로 죽일 수 있는 건 아니야. 하지만 은폐 정도는 일도 아니지."

죽이는 거야 살인이 되겠지만 어쩌다가 죽은 걸 그냥 사고나 자살로 몰아붙이는 것은 일도 아닌 게 중장의 파워다.

"그럼 어쩌지? 이제는 그 녀석을 추궁해야 하나?"

"글쎄……."

노형진은 만두성을 생각하면서 머리를 북북 긁었다.

'기억을 읽을 수도 있지만.'

그건 증거가 되지 못한다.

증거가 될 만한 것은 국방부에서 다 가지고 있다.

"문제는 군사기밀로 묶여 있다는 거지."

"법원을 통해 가지고 나오라고 못 해?"

"불가능해."

물론 법원을 통해 명령을 받아서 가지고 나오라고 할 수는 있다.

그러나 군사기밀이라는 미명하에 막아 버리면 자신들이 할 수 있는 것이 없다.

"군대라는 조직에 들어갈 수는 없으니까."

"우우우."

어떻게 보면 대한민국에서 가장 무소불위의 권력을 가진 집단이 군대일 수도 있다. 어떤 경우에도 자기들끼리 뭉쳐서 서로를 보호하니 말이다.

"일단은 우리가 조사할 수 있는 사람들부터 시작해 봐야지."

"우리가 조사할 수 있는 사람들?"

"응."

"누군데?"

"이제는 군대에 속하지 않은 사람들."

"그런 사람이 있어?"

"그럼. 아주 많지."

노형진은 진지한 얼굴로 말했다.

⚖️

"우민이 사건은 충격적이었어요."

성우민과 함께 군을 갔던 사람들.

그들은 이제는 제대해서 민간인이 되어 있었다.

"성우민에 대해 기억하십니까?"

"하죠. 능력 있고 뛰어난 녀석이었어요."

"그래요?"

"네."

그의 선임이었던 사람들은 안타깝다는 듯 중얼거렸다.

"그런데 그 당시에 어떻게 된 건지 기억하시는 거 있습니까?"

"그 당시요? 새벽에 부대에 난리가 났어요. 우민이가 자살했다고. 다들 개소리하지 말라고 했거든요. 처음에는 정말 무슨 개소리인가 했죠. 그런데 진짜로 죽었더라고요."

"그 이후에 특이 사항은 없습니까?"

"특이 사항이라고 해 봐야……."

언제나처럼 부대가 발칵 뒤집히고 헌병대가 나와서 가혹 행위에 대해 조사하는 등의 작업이 이루어졌다. 그게 일반적인 과정이니까.

"그래서 가혹 행위를 하던 사람이 있습니까?"

"가혹 행위를 하던 사람?"

"네."

"있죠."

"누굽니까?"

"만두성이라고……."

"같이 근무한 만두성?"

"네."

노형진은 눈을 찡그렸다.

만두성이 가혹 행위 행위자였다는 말은 보고서에 없었기 때문이다.

'하긴, 기대하면 안 되는 거긴 한데.'

애초에 제대로 된 보고서는 아닐 테니까.

"그에 대해 진술했습니까?"

"당연히 했지요."

그러나 없었던 내용.

노형진은 이 부분에 대해 확실하게 알아봐야 할 것 같았다.

"사실은……."

노형진은 그런 내용이 없다는 사실을 그에게 알렸다.

그러자 그는 고개를 갸웃했다.

분명히 자신은 그 이야기를 했다. 자신뿐만 아니라 다른 사람들도 이야기했었다.

"만두성이 성우민을 얼마나 싫어했는데요."

"어째서요?"

"서로 극단적으로 달랐거든요."

"달랐다고요?"

"네."

성우민이 약간 독특한 타입인 것은 누구나 인정하는 사실이었다.

그가 오덕인 것은 누구나 알고 있었고, 그도 그걸 감추려고 하지 않았다. 그의 관물대에는 연예인 사진이나 여자 친구 사진이 붙어 있는 게 아니라 캐릭터 사진이 붙어 있곤 했으니까.

"하지만 취향이 독특하다고 해서 사람이 나쁜 건 아니니까."

그는 취향이 독특하기는 하지만 상당히 유능하고 싹싹한, 소위 말하는 군대 용어로는 특A급이라고 할 만한 녀석이었다.

특급 전사로 들어갈 정도로 운동도 잘했고, 사격도 포상 휴가를 나갈 정도로 잘했다. 그리고 후임들에게도 잘하고 선임들에게도 잘하고.

말 그대로 문무겸비라고 해야 하는 타입.

그런 그에게 있어서 오덕이라는 것은 말 그대로 취향이니까 존중해 줄 수 있는 문제였다.

"그에 반해 만두성은 정반대였어요."

그는 자기가 정상이라고 주장하지만 대부분 그를 그다지 좋아하지 않았다.

군대는 계급사회다. 그러나 그는 고참의 말을 대놓고 무시하기도 했고 또는 위에서 나온 작업 명령을 정면으로 거부하기도 했다는 것이다.

"거부해요?"

"네. 핑계야 많죠."

몸이 아프다는 둥 몸살이 났다는 둥 여러 가지 이유로 작업을 거부했다.

그런데 어쩐 일인지 그에 대해 제대로 징계가 이루어진 적은 한 번도 없었다.

"한 번은 병장들이 뭉쳐서 중대장한테 다른 곳으로 보내 달라고 한 적도 있어요."

"네?"

"조직에 녹아들지 못하니까."

아무리 병사들에게 계급을 무시하라고 국방부에서 지시가 내려온다지만 그건 탁상공론일 뿐이고, 계급이 무시될 수 있는 구조가 아니다. 당연히 각자 해야 하는 일이 있다.

"그런데 그 녀석은 자기 일은 남에게 시키고, 그러면서도 병장이 뭘 시키면 계급으로 찍어 누르는 거 아니라면서 하질 않았죠. 솔직히 말해서 중대에서 왕따였습니다."

"왜 그런 건지 아십니까?"

"모르죠."

"그 녀석 외삼촌이 장군입니다. 3성."

"아…… 어쩐지."

중대장도, 대대장도 쩔쩔맨다 싶더니 그런 비밀이 있었다는 건 몰랐던 눈치였다.

"하여간 그런데요?"

"그런데 유독 성우민을 싫어하더라고요."

"당연한 겁니다."

자기는 온 중대에서 무시당하는데 자기 후임은 예쁨을 받으니 질투를 안 할 리 없다.

"그래서 같이 근무를 짜지 말라고 애들한테 못까지 박아 놨다니까요."

"네? 그게 무슨 말이죠?"

이것이 법이다

"행정병한테, 그 새끼랑 우민이랑 같은 근무에 넣지 말라고 해 놨어요. 하도 집요하게 괴롭히니까. 몇 번 그러다가 걸렸거든요."

"걸렸다?"

"네, 근무시간에 얼차려 주다가요."

노형진은 고개를 갸웃했다.

그렇다면 행정병이 그걸 깜빡하고 같은 근무를 넣은 걸까?

'그럴 리 없는데.'

근무표는 바로 나오는 게 아니다. 미리 만들고 허가까지 받아야 한다.

설사 그렇게 나왔다고 해도 근무를 확인하는 사람이 그걸 알고 이야기해 줬다면 근무자 교체도 가능하다.

"그날 같이 근무한 건 사고였나요?"

"아뇨. 그 녀석이 같이 넣어 달라고 협박했대요."

"네? 협박이라뇨?"

"새로 들어간 행정병이 아무래도 짬밥에서 밀려서, 그 녀석이 겁주니까 넣은 모양이더군요."

"헐."

처음에 행정병이 그보다 고참일 때는 문제가 되지 않았다. 그러나 그가 제대하고 다음 사람이 들어오자, 누구랑 군 생활 더 오래 할 것 같냐면서 협박하기 시작했다는 것.

'전혀 없던 이야기들이야.'

사건 기록에는 전혀 없었던 이야기들.

"그러니까 내부 근무로 돌리라니까, 거참."

"내부 근무?"

"네, 통신병은 대대 통제실에서 근무하거든요, 보통. 그런데 짬이 안 되어서 바깥에 나간 건데……."

"네?"

노형진은 그 말을 듣다가 고개를 갸웃했다.

"통신병요? 누가요?"

"누구겠어요, 우민이지."

"성우민 씨가 통신병이었다고요?"

"네."

노형진은 고개를 갸웃했다.

이 시점에서 말도 안 되는 일이 벌어지고 있었기 때문이다.

"그 자살에 대해 자세한 이야기는 없었나요?"

"저희야 모르죠. 군대가 그런 거 이야기해 주는 조직도 아니고."

"그런데 통신병이었다고요? 하지만 담당 보직이 소총수로 분류되어 있던데?"

"군대가 그렇게 되나요? 아시잖아요."

노형진은 고개를 끄덕거렸다.

원래 훈련소를 통해 보직을 받고 그 보직에 맞는 자리에 가는 것이 규칙이다. 그러나 군대는 그렇게 원활하고 체계적인 조직이 아니다.

소총수로 자대에 갔는데 자리 없다고 행정병이나 통신병으로 가는 경우도 흔하고, 반대로 통신병으로 갔는데 통신병 자리 없어서 소총수로 근무하는 경우도 흔하다.

'성우민도 그런 타입이었다면…….'

기록상에는 성우민이 소총수로 되어 있다. 그러나 통신병이라면…….

'사건에서 결정적인 갭이 생긴다.'

노형진은 확실하게 하기 위해 그에게 확인할 게 있었다.

"성우민의 보직이 소총수가 아니라 통신병이라 이거죠?"

"네."

"그러면 그의 총은 뭡니까?"

"네?"

"그의 총요. 총이 있었을 거 아닙니까?"

"그거야 K-1이죠."

마치 당연한 거 아니냐는 듯한 표정으로 말하는 남자.

'역시나.'

군대에서 통신병은 무전기를 메고 다녀야 한다. 그런데 기다란 K-2 소총은 아무래도 방해된다. 그래서 길이가 짧은 K-1을 쓴다.

애초에 통신병이나 운전병 같은 사람들은 기관단총으로 분류되는 K-1을 쓰게 되어 있다. 만일 성우민이 통신병이라면 그도 K-1을 썼어야 한다.

"왜 그러시나요?"

"성우민 씨가 자살했는데 말이죠."

"그런데요?"

"K-2로 했습니다."

"네?"

그는 고개를 갸웃했다.

자살이라고 하면 보통 자기 총으로 하는 것이다. 상식적으로 남의 총으로 자살하는 인간은 없다.

아니, 군대라는 조직의 특성상 그건 불가능하다.

규정상 근무 중인 위병은 장군이 아니라 대통령이 와도 자신의 총기를 건네서는 안 되기 때문이다.

"그럴 리가요."

대번에 이상하다는 생각이 드는지 그 당시 기억을 다시 더듬는 남자.

하지만 확실했다. 성우민은 K-1 소총을 들고 다녔다.

"뭔가 은폐하고 있다고 생각은 하고 있습니다만……."

"흠…… 그러고 보니."

"그러고 보니?"

"만두성 그 새끼, 갑자기 전출 갔었네."

"네? 전출요?"

"네."

자살 사건이 일어난 후에 사람들은 만두성이 처벌받을 거라 생각했다.

하지만 그에게 징계가 떨어진 게 아니라 갑자기 전출을 갔다고 했다.

"그게 무슨 말이죠, 전출이라니?"

"말 그대로예요."

갑자기 다른 부대로 갔다는 것이다.

'그런 경우는 상당히 드문데.'

부대 간 이동을 하는 경우는 상당히 드물다. 부대에서 무슨 문제가 없었다면 말이다.

모든 사건이 철저하게 은폐로 맞춰진 상황.

"아!"

때마침 제대한 선임이 뭔가 생각이 난 듯했다.

"뭔가 생각이 났습니까?"

"어…… 사건하고 관련이 있는지는 모르는데……."

"뭔데요?"

"후임한테 들었어요, 중대장이랑 대대장이 승진했다고."

"네?"

"제대한 후에 들었어요."

그의 말에 따르면 중대장은 얼마 있다가 승진해서 소령을 달았고, 대대장은 다른 동원 부대 연대장으로 갔다는 것이다.

"이거 완전 개소리라고 생각했는데."

"흠……."

일반적으로는 개소리가 맞다.

특히나 중대장과 대대장의 경우는, 자대에서 총기를 이용한 자살 사건이 벌어지면 무조건 승진 누락이라고 보면 된다. 그런데 도리어 승진을 했단다.

'보은성 인사인 건가.'

사건 무마에 적극적으로 가담했다면 그럴 수도 있다.

애초에 보고서 같은 것을 봐서는 그들이 적극적으로 가담하지 않았다면 이 정도의 조작은 불가능하다.

"혹시 다른 제대자들과 이야기를 할 수 있을까요?"

"저야 몇몇과 소식을 주고받기는 하지만……."

"적절한 보상을 드리지요."

그는 고개를 끄덕거렸다.

어차피 이제는 군인도 아니니 상부의 말을 들을 이유는 없다.

"한번 이야기해 볼게요."

노형진은 그에게 감사의 인사를 건네면서 머릿속으로는 수많은 변수를 가정하기 시작했다.

⚖

"몇 가지 공통점이 나오네요. 자세한 건 서류를 점검해 보시면 알 겁니다. 하지만 한 가지는 확실하네요. 이건 군 차원에서 체계적으로 이루어진 사건 은폐입니다."

노형진은 보고서를 건네면서 서승진에게 말했다.

서승진은 노형진을 물끄러미 바라보았다.

"그게 무슨 말인가?"

"말 그대로입니다. 사건을 은폐하는 조건으로 관련된 자들이 영전한 기록이 있습니다."

"음……."

얼굴이 사색이 되는 서승진.

물론 의문사의 경우 그 죽음이 의심스러운 것임은 알고 있다. 그리고 그 문제에 있어서 그 결과가 대부분 안 좋은 쪽이라는 것도.

하지만 군 차원에서 체계적으로 사건에 끼어들다니?

"중대장은 소령을 달았고 대대장은 연대장으로 영전했습니다. 그 당시 조사관도 승진했고요. 그에 반해 만두성에게 불리한 증언은 모조리 사라졌습니다."

"아니, 그게 가능한가?"

"가능하지요. 군대니까요."

노형진의 말에 서승진은 한숨을 내쉬었다.

원래는 모든 증거를 다 제출해야 하지만 그러지 않았으니 의문사가 되는 것이다.

"그러면 자네는 어떻게 생각하나? 자네가 이렇게 온 걸 봐서는 대충 상황을 아는 모양인데."

"아마도 만두성이 저지른 살인인 듯합니다. 고의인지 사고인지까지는 알 수가 없지만요."

"살인이라고……."

"네, 그것 말고는 이 사건을 설명할 다른 방법이 없습니다. 하지만 어느 쪽이든 사건은 은폐된 겁니다."

"하아."

서승진은 보고 있던 서류를 덮은 채로 고민에 빠졌다.

자신이 조사해서 결과가 안 나올 때 예상했던 일이다.

다행스럽게도 노형진이 조사하면서 몇 가지 추가적인 자료를 더 얻긴 했지만, 그렇다고 해서 문제가 해결된 것은 아니다.

"자네는 이 사건을 어떻게 해야 한다고 생각하나? 솔직히 가장 중요한 부분에 대해서는 의미가 없는 것 같은데."

가장 중요한 재조사에 관해서는, 군 검찰이 조사를 할 리 없다. 아니, 할 수 없다고 하는 게 맞다.

처음에는 만두성을 지키기 위해 한 거였지만 이제는 자신들을 지키기 위해 사건을 감춰야 하기 때문이다.

"방법은 하나뿐이죠. 만두성을 노려야 합니다."

"그런다고 해서 그 녀석이 처벌을 받을까?"

민간인이 되었다고 하지만 그렇다고 해도 장군의 백은 절대로 만만한 게 아니다.

더군다나 모든 수사 자료는 군대에 속한 상황이다. 자신들이 가진 것도 그들이 준 것일 뿐이다.

즉, 불리한 증거는 철저하게 배제하고 유리한 증거만 줬다고 해도 자신들은 알 수가 없다는 것.

"경찰에 신고를 할까?"

"글쎄, 그건 무리야. 경찰이라고 해서 군대보다 더 위에 있는 조직은 아니니까."

법원에서도 달라고 해도 안 주는 자료를 경찰이 달라고 한다고 해서 그들이 줄 리 없다.

"살인이라……. 하지만 사고와 살인은 너무 갭이 큰데."

"정황상 사고의 증거는 많습니다. 그 당시 근무하던 사람들의 말에 따르면 만두성은 군 생활에 문제가 많았다고 합니다. 친척이 장군이니 군대를 안 갈 줄 알았는데 끌려왔다고 생각한 거죠."

"음……."

그래서 늘 불만이 많았고 제대로 군 생활을 하려고 하지도 않았던 것이다.

"차라리 가지 않았다면……."

"그랬다면 성우민은 살았겠지요."

그런데 그가 가야 하는 시점에 군 비리가 적발되면 대대적으로 감사가 시작되었고, 아무리 장군이라고 해도 그 감사를 받는 와중에 조카를 빼내는 것은 쉬운 게 아니었다.

"더군다나 그런 식으로 군 생활을 하다 보니 제대로 총기 관리도 하지 않았다고 하더군요."

"총기 관리?"

"네."

"총기 관리라 하면?"

"군인들은 보통 총기 수입이라고 하지요. 그걸 제대로 하지 않으면 징계를 먹는 게 보통이지만, 어찌 되었건 중장 가족이니 장교들이 그렇게 할 수는 없었겠지요."

총기 수입은 총을 다른 나라에서 사 오는 게 아니라 청소하고 관리하는 것을 뜻한다.

총기가 아무리 단순한 형태라고 하지만 어찌 되었건 기계에 속한다고 볼 수 있다. 그리고 사격을 하면 당연히 화약 찌꺼기나 기타 이물질 때문에 총기에 문제가 생길 가능성도 높아진다.

당연히 주기적으로 청소해서 그 문제를 해결해야 한다.

"그런데 그걸 제대로 안 했답니다."

"그래?"

"네. 그래서 몇 번 사격장에서 오발 사고도 있었고요."

"오발?"

"네."

총기를 제대로 관리하지 못하면 생기는 가장 큰 문제는 총기 불량이다.

그나마 총알이 안 나가는 것은 전쟁터가 아닌 상황에서는 그다지 문제가 되지 않는다.

문제가 되는 것은 방아쇠만 당기면 연발로 나가는 것과 충격으로 나가는 것이다.

연발의 문제 같은 건 결과적으로 총구가 표적을 가리키고 있으니 그나마 해결이라도 가능하지, 충격으로 오발되는 경우는 언제 총알이 날아갈지 모르니 상당히 위험한 일이다.

"만두성의 총이 오발 사고를 냈다고?"

"네. 그리고 사고 당시에 있었던 총기는 만두성의 총으로 보입니다."

"뭐라고!"

"성우민은 통신병이라 K-1 소총을 사용했습니다. K-2 소총을 가진 건 만두성이었고요. 그런데 사고 이후에 사라진 K-2 소총에 대한 보고가 없는 걸 봐서는 만두성의 소총일 수밖에 없습니다."

"그렇다면……."

"만두성이 소총을 줬을 리 없으니 사고인 거죠."

"살인이라고는 생각 안 하나?"

서승진은 설마 하는 표정이 되었다.

사고가 아니라 살인이라면 이야기가 달라진다.

"아마도 그건 무리인 듯합니다."

살인을 하려고 했다면 자신의 소총이 아닌 성우민의 소총으로 죽이려고 했을 것이다.

애초에 그를 죽이려고 했다면 자신이 의심을 받지 않을 상황을 만들려고 했을 것이다. 그러니 같이 근무를 나가지는 않았을 것이다.

"그리고 살인은 미운 사람을 대상으로 벌어지는 일입니다. 하지만 증언에 따르면 성우민은 만두성의 일종의 스트레스 해소 대상이었다고 합니다."

부대 내부의 왕따 때문에 만두성이 살인을 결심했다면 그 주동자인 병장급에 대한 살인이 벌어졌을 것이다. 일병인 성우민을 죽일 이유는 없는 것이다.

"하지만 살인의 가능성도 있지 않나? 그러면 정황상 사고로 보이는데……."

"과거의 정황은 그렇지요. 하지만 현실의 정황은 다릅니다. 가장 큰 정황증거는 탄창입니다."

"탄창?"

"네."

근무에 들어가기 전에 탄창을 따로 분배하지 않는다. 근무자와 근무 교대자만 탄창을 받아서 들고 나가는 것이 보통이다.

"탄창은 모두 현장에서 봉인 절차를 거칩니다. 그게 훼손되면 처벌받도록 되어 있지요. 그리고 그 봉인 절차는 삽탄을 하면 자동으로 풀립니다. 그래서 경계 중에는 탄창을 삽입해 두지 않습니다. 탄띠에 보관하지요."

"그걸 삽입했다 이거군."

"네."

살인의 의사가 없다면 그걸 넣을 이유가 없다.

그러니 또 한편으로는 살인이 증거가 될 수도 있다.

"음……."

"어느 쪽이든 만두성이 저지른 것은 확실해 보입니다."

의문사의 조각이 맞춰지기 시작하자 서승진의 얼굴은 점점 더 어두워졌다.

"힘들군."

의문사는 진실을 찾는 게 가장 큰 목적이기는 하지만 그렇게 찾은 진실을 어떻게 해서든 알리는 것도 중요하다.

"공개한다고 해서 될까?"

"될 리 없죠."

증거도 없는 상황에서 그게 먹힐 리도 없다.

"그리고 아무리 중장이라고 해도 살인을 은폐하는 거면 멀쩡하기는 힘듭니다."

즉, 은폐한 그 순간부터 중장과 만두성은 한 몸이라는 뜻이다. 감봉으로 끝날 사건이 아니니까.

"미치겠군."

이 사건을 해결할 길조차 보이지 않으니 서승진은 도무지 방법을 찾을 수가 없었다.

"다른 쪽을 압박해 보면 어떨까요?"

"다른 쪽?"

"네."

"누가 있다고?"

"만두성과 그 장군 사이에 사람이 한 명 있지 않습니까?"

노형진의 말에 서승진은 그게 누군지 바로 바로 알아차렸다. 바로 만두성의 엄마였다.

그녀가 아니었다면 3성장군이 만두성을 지키기 위해 나서는 일은 없었을 것이다.

"확실히 이런 일을 만두성이 혼자서 연락했을 리는 없지."

아무리 가족이 친밀하다고 하지만 외삼촌과는 일반적으로 다소 거리가 있기 마련이다. 즉, 본인이 연락할 수 있는 상황이 아니었다는 것.

"더군다나 군 생활을 해 보면 알겠지만, 이런 경우 외부에 전화하는 것은 극단적으로 제한됩니다."

"제한?"

"사고가 나면 일단 군은 은폐하려고 하니까요."

"아!"

사고가 나면 모든 병사들의 외출과 외박부터 통제된다. 당연히 모든 전화도 금지된다.

혹시나 외부에 사고가 드러나는 것을 막기 위해서다.

"만두성의 상관이었던 자들이 연락했을 수도 있잖아?"

손채림은 고개를 갸웃했다.

그들은 만두성의 외삼촌이 3성장군인 것을 알고 있으니

먼저 연락했을 수도 있다.

"그건 그렇지만 일반적으로 그건 무리야."

"응?"

"너, 대룡과 일한다고 해서 유민택 회장님의 전화번호를 아는 건 아니잖아?"

"아……."

대부분의 경우 3성장군의 전화번호를 고작 중대장 대대장에게 알려 주는 경우는 드물다.

배려해 달라는 것도 아랫사람을 통해 슬쩍 연락하지, 직접 자신이 연락하면서 전화번호를 남기지는 않으니까.

"그렇다면?"

"그들은 알아서 긴 거야. 그 전에는 말이지."

중장이 실제로 끼어든 것은 사건을 알게 된 후라는 뜻이다.

그렇다면 남은 것은 만두성의 어머니. 중장의 여동생이니 충분히 연락처를 알고 있다.

"그쪽을 찔러봅시다."

어쩌면 길이 생길지도 모른다는 생각에 서승진은 잔뜩 기대하기 시작했다.

⚖

"뭐라고요?"

만두성의 어머니인 이옥자는 자신을 찾아온 노형진의 말에 아연실색했다.

"만두성이 군대에서 뭔가 저지른 걸 알고 있습니다. 자수시키시죠."

"아니, 우리 아들이 뭘 잘못했다고 여기까지 와서 난리예요!"

그녀는 서울에서 제법 큰 옷 가게를 하고 있었다.

그러니 그녀를 만나려면 그냥 그녀의 옷 가게로 가면 된다.

그곳에는 제법 많은 손님이 있었는데도 그녀는 필요 이상으로 흥분했다.

"만두성이 말 안 하던가요?"

"뭐라고요?"

"살인은 큰 죄입니다."

노형진은 그렇게 말하면서 이옥자를 살폈다. 반응이 있는지 확인하기 위해 말이다.

"누구 마음대로 살인이래!"

버럭 화를 내는 이옥자.

'역시나.'

이런 상황에서 아무것도 모른다면 무슨 소리냐고 하거나 이놈이 미쳤나 등의 반응을 보여야 한다.

하지만 살인이라는 말에 예민하게 받아들이는 이옥자.

"물론 오라버니가 도와주셔서 어떻게 해서든 벗어났다고 생각하시는 것 같은데, 세상은 그렇게 호락호락한 곳이 아닙니다."

"이놈이 미쳤나! 여기가 어디라고 들어와! 꺼져! 안 꺼져!"

"제가 못 올 곳 왔나요? 여기는 개방된 시설입니다만? 그
런 곳은 출입이 자유롭죠. 당신이 통제할 수 있는 게 아닙니
다. 물론 가게가 닫혀 있다면 모르지만 말이지요."

노형진은 그녀를 자극하기 위해 더욱 도발했다.

그러다 노형진의 미끼를 덥석 물어 버리는 그녀.

"다 나가!"

"헐?"

"뭐야, 저 아줌마?"

"사…… 사장님?"

직원들도, 손님들도, 그녀의 반응에 깜짝 놀랐다. 하지만
그녀는 그런 걸 신경도 쓰지 않았다.

"다 나가라고! 오늘 장사는 여기까지야!"

마구 손님들을 밀어내는 이옥자.

심지어 직원들조차 이해시키지 않고 바깥으로 쫓아 보내
듯이 내보냈다. 그 안에는 당연히 노형진도 들어가 있었고.

이옥자는 노형진이 나가기 무섭게 셔터를 내려 버렸다.

"헐."

뒤에서 손님인 척 있던 손채림은 어이가 없어서 말이 안
나왔다.

"아니, 왜 저래?"

"왜 저러긴. 걸리니까 그런 거지."

어깨를 으쓱하면서 말하는 노형진.

누가 봐도 그녀가 보인 행동은 이상했다. 낯선 사람이 갑자기 자신을 찔러보자 당황해서 어쩔 줄 몰라 하는 것이 다 눈에 보였다.

"확실히 사건에 대해서는 아는 모양인데."

"그런데 감춘 거야?"

"그렇지 않으면 저런 반응을 보이겠어?"

노형진은 피식 웃으면서 말했다. 그리고 스윽 몸을 돌려서 기다리고 있는 차로 다가갔다.

"어때요?"

"잘 들립니다."

차에서 기다리고 있던 고문학은 엄지를 척 내밀었다.

"증거로 못 쓴다는 게 참 안타깝네."

사실 가장 먼저 들어간 것은 손채림이다.

그녀는 마치 손님인 것처럼 카운터 근처에서 배회하면서 작은 도청기를 달았다.

그 후에 노형진이 들어가서 이옥자를 도발한 것이다. 그래야 그녀가 반응을 보이는 걸 확인할 수 있으니까

아니나 다를까, 그녀가 그런 반응을 보였고, 그 후에 벌어질 일은 너무나도 당연한 것이었다.

"아마 이 사건에 관련해서 가장 도움이 되는 사람에게 전

화하겠지."

노형진이 말하기가 무섭게 스피커에서 들려오는 이옥자의
목소리.

-오빠!

-이 시간에 어쩐 일이야? 내가 당분간은 조심하라고 했잖아.

-오빠, 큰일 났어. 변호사라는 녀석이 와서 우리 두성이에 대해
캐물었어.

-내가 그런 일이 있을지도 모른다고 했잖아. 그러니까 전면에 나
서지 말고 매제한테 다 시키라니깨! 네가 나서면 나까지 걸린다고
했지? 입 다물고 있어.

-하지만 이번 녀석은 달라. 살인에 대해 알고 있다고!

다급하게 말하는 이옥자.

그러나 이옥자의 오빠이자 중장인 이성문은 침묵을 지킬
뿐이었다.

-오빠, 이거 어쩌지? 저 녀석이 분명히 우리 두성이가 뭔 짓을 저
질렀는지 아는 것 같다고. 우리 두성이가 살인을 저지른 거 걸리
면 큰일이야. 우리 두성이, 불쌍한 애라고!

-입 좀 닥쳐. 살인이라니. 그리고 너만 큰일이냐? 그거 걸리면 나
도 예편이야! 아니, 파면이라고! 내 커리어가 다 날아가! 알아?

-하지만 그건 사고였는데…….

-그게 중요한 게 아니야! 내가 그거 은폐하느라고 얼마나 고생했
는지 알아?

그 말을 들으면서 노형진은 입맛을 쩝쩝 다셨다.

불법적 녹음만 아니면 증거로 삼고 싶은 대화였다. 그러나 이건 불법 감청이니 증거로 삼을 수 없다.

─하지만 그 녀석은 다 알고 온 것 같은데…….

─야, 멍청한 년아. 그런 식으로 일단 찔러보는 거야. 그런 놈들이 한두 명인 줄 알아? 군 의문사 대부분은 그런 식으로 일단 찔러본다고.

─그…… 그런 거야?

─아, 진짜 너희 때문에 내가 무슨 고생인지.

이성문은 이를 박박 갈았다.

자기 동생이 죽는다고 징징거려서 어쩔 수 없이 은폐하기는 했지만, 그게 영 자신을 찝찝하게 만들고 있었다.

사실 그런 은폐 작업을 한 것이 한두 번이 아니기는 하지만 아무래도 이번에는 사람이 죽었기 때문에 은폐도 쉬운 게 아니었다.

─그 새끼가 증거 내밀었어?

─증거?

─그래. 관련 증거 말이야.

─어…… 아니. 그런 건 못 봤는데?

─그러면 찔러본 거야. 그런 것 때문에 겁먹기는. 일단 오늘 만나서 이야기하자.

안절부절못하는 이옥자와 다르게 이성문은 훨씬 편한 듯했다.

이것이법이다

그리고 그 이유를 알고 있는 노형진은 왠지 씁쓸해졌다.

'얼마나 많은 사건을 조작하고 은폐했으면.'

익숙한 상황이니까 그다지 놀라지도 않고 자연스럽게 반응하는 것이다.

다만 이번에는 자신들의 상관을 위한 것이 아니라 자신을 위해 은폐한 것이지만 말이다.

─일단은 신경 꺼. 그 증거는 완벽하게 사라졌어. 애들은 모조리 입 다물게 해 놨다고.

─하지만…….

─걱정하지 마. 증거는 아무것도 없어. 설사 있다고 해도 모조리 군사기밀로 묶여 있는데 지들이 어쩔 거야?

그 말을 들은 서승진은 눈을 찌푸렸다.

그럴 수밖에 없는 게, 실제로 수사 관련 자료를 받아 보려고 해도 그 증거는 모조리 기밀로 취급되어 있기 때문에 달라고 할 수가 없었던 것이다.

─일단은 만나.

두 사람이 약속을 잡는 것을 보고 노형진은 입맛을 쩝쩝 다셨다.

그 둘이 만나기로 한 곳이 만두성의 친가였는데, 새론의 입장에서는 그들의 대화를 녹음할 수 있는 능력이 되지 않았기 때문이다.

"뭐, 어차피 사실은 확실하게 알았으니까."

보아하니 사고로 성우민이 죽은 듯했다. 그리고 그걸 은폐하기 위해 이옥자가 이성문에게 전화해서 사건을 조작했고 말이다.

어찌 되었건 군대에서 사고라도 사람을 죽인 것은 상당히 큰 문제니까.

"이걸 인터넷에 공개하면……."

"글쎄요……. 그것도 방법이기는 하지만, 아시잖습니까? 저쪽에서 통제하려고 한다면 못 할 것도 없다는 거."

"음……."

확실히 이걸 인터넷에 공개하면 재수사가 시작될 가능성도 있다. 하지만 그건 어디까지나 가능성일 뿐이다.

"설사 수사가 진행된다고 해도 그게 다시 뒤집힐 가능성은 훨씬 낮지요."

"그런가?"

"다른 사건은 안 그렇던가요?"

"부정을 못 하겠구먼."

서승진은 고개를 끄덕거렸다.

몇 달만 지나면 사람들의 뇌리에서 이번 사건은 잊힐 테고, 군대에서는 다시 사건을 조작해서 무죄를 때리면 그만이다.

한두 번 당한 게 아니니 무조건 공개한다는 것도 의미가 없다. 도리어 이런 명확한 증거를 쓰레기통에 처박는 결과를 연출할 수도 있다.

"그러니 일단은 다른 증거를 확보해야 합니다."

"다른 증거?"

"네."

"어떤 거 말인가?"

"자백 같은 거 말이지요."

"자백이라……."

"만두성은 누군가가 자신의 사건의 진실을 알고 있을 거라 생각하고 있을 겁니다. 그러니 분명히 어떤 식으로든 반응할 겁니다."

그리고 그 점을 적절하게 이용해서 자백을 끌어낼 수만 있다면 이 사건은 해결된 셈이다.

"속임수를 쓰자 이건가?"

인권 변호사인 서승진은 속임수를 쓴다는 행위가 마음에 안 든다는 듯 눈을 찌푸렸다.

"방법 있으세요?"

하지만 노형진이 되묻자, 서승진은 우울하게 말할 수밖에 없었다.

"없구먼."

결국 현실은 시궁창이니까.

지금까지 올바르게만 해서 단 한 번도 제대로 의문사가 밝혀진 적이 없었다.

그나마 전임 대통령이 의문사 위원회를 만들었지만, 현 정

권에 들어오면서 가장 먼저 사라진 곳이 바로 의문사 위원회
였다.

"만두성이 어떻게 나오는지 두고 보죠."

노형진은 씨익, 미소를 지었다.

인과응보

"이런 미친⋯⋯."

전혀 예상하지 못한 반응.

그로 인해 상황이 돌변해 버리자 노형진은 어쩔 줄 몰라
했다.

"이렇게 뜬금없다니⋯⋯."

"누가 예상이나 했겠나."

"젠장⋯⋯ 예상했어야 했는데⋯⋯."

"누구도 예상 못 해. 갑자기 학기 중에 확 떠날 거라고 누
가 알았겠어?"

"끄응⋯⋯."

그들의 대응책은 실로 상상 이상이었다.

아니, 흔한 방법이기는 하지만 노형진이 생각을 못 했다는 쪽이 맞을 것이다.

바로 유학.

"유학이라니……."

물론 유학은 흔하게 벌어지는 일이고 또 부잣집에서 사고를 치면 유학을 보내는 경우도 적지 않다.

그러나 그건 어디까지나 시간이 있을 때지, 뜬금없이 학기 중에 휴학계를 내면서까지 가는 경우는 드물다.

그럴 수밖에 없는 게, 유학이라는 것 자체가 해외의 다른 학교에 간다는 뜻이기 때문이다. 일반적으로 이런 경우 일정을 맞추는 시간이 걸린다.

그런데 갑자기 확 떠나 버리다니.

"돈이 있으니 그냥 가서 기다릴 속셈이겠지."

"끄응……."

심지어 휴학계조차도 이미 출국한 후에야 내 버리는 주도면밀함 때문에 새론 측은 만두성이 유학을 가는지도 전혀 모르고 있었다.

"확실히 좋은 방법이기는 하네."

노형진은 입맛이 씁쓸했다.

난데없이 독일로 유학을 가 버리다니. 이러면 이쪽에서 그의 반응을 보는 것이 불가능해진다.

"어쩔 건가? 포기할 건가?"

이미 그가 범인인 건 확실하다. 그렇지 않으면 그가 이렇게 한국에서 도망갈 이유가 없기도 하고.

그리고 피해자의 부모들도 감을 잡고 있었다.

그들은 당장이라도 만두성을 잡겠다고 독일로 가겠다고 하고 있는 상황.

"그럴 리가요. 귀찮아질 뿐입니다. 미국도 아니고 독일이라니. 전혀 모르는 동네라서요."

미국은 그나마 전생의 경험이 있어서 어떻게든 방법이라도 찾아보겠지만, 독일은 관광 말고는 전혀 경험이 없는 나라였다.

그나마 관광 갔던 것도 회귀 전 신혼여행에 단체 관광인지라 도움이 될 만한 건 하나도 없었다.

"그건 내가 도와줄 수 있을 것 같은데."

"응?"

손채림의 말에 노형진은 그녀를 바라보았다.

그녀가 그곳의 변호사도 아닌데 어떻게 도와준단 말인가?

"잊었어? 나 거기서 음악 했잖아. 뭐, 긴 기간은 아니지만 그래도 너 도와줄 수 있을 만큼은 될걸."

"아!"

맞는 말이다. 손채림은 그곳에서 음악을 전공했다.

물론 법 쪽이 아니라고 하지만 살다 보면 이런저런 일을 하게 되고 또 도움을 주고받는 것이 현실. 그 인맥은 아직 살아 있었다.

"그러면야 당연히 가야지."

기사회생으로 길이 생기자 노형진은 바로 결정을 내렸다.

⚖️

"이게 얼마 만이야?"

"그러게!"

여자들의 수다에는 끝이 없다고 했던가?

다시 독일에 오자 손채림을 맞이한 것은 당연히 친구들이
었다.

물론 함께 공부하던 사람들 중에서 일부는 공부를 마치고
돌아갔지만, 일부는 여전히 공부 중이었고 또 일부는 원래
독일인이었다.

"남친, 남친?"

"아니, 직장 상사."

"진짜 재미없겠다. 상사랑 업무 여행이라니."

"진짜 재미없어."

서로 수다를 떨면서 자연스럽게 노형진을 바라보는 손채
림과 세 명의 친구들.

그리고 그 시선을 받은 노형진은 어색하게 웃어야 했다.

"하하하."

그럴 수밖에 없는 게, 노형진은 독일어를 할 줄 모르니 뭐라고 하는지도 몰랐던 것이다.

아니, 딱 하나는 알 수 있었다.

'여자들의 수다는 국경을 초월하는구먼.'

표정이나 제스처를 봐서는 절대로 업무에 관련된 대화를 하는 게 아니라는 걸 알 수 있으니 100% 수다였다.

"자, 자! 우리 수다는 이쯤하자. 우리 상사한테 깨질라."

"하긴, 한국은 그런 면에서 좀 **빡빡하지**."

고개를 끄덕거리는 친구들을 보던 노형진은 왠지 미안한 마음이 들어 시선을 돌렸다.

"그나저나 독일은 왜 온 거야? 한국에서 변호사 사무실에서 일한다고 하지 않았어?"

"그건 그렇지. 누구를 찾아온 거야."

"누구?"

"한국에서 범인으로 의심받던 사람이야. 조사 중이었는데 도피성 유학을 와서."

"이름은 뭔데?"

"만두성이라고, 독일에 있는 구텐베리트 대학에 다닌다고 하던데."

"구텐베리트?"

서로 바라보는 세 사람. 그곳이 어디인지 모르는 듯했다.

"몰라?"

"처음 들어 봐."

"나도."

"그런 곳이 있던가?"

어리둥절한 얼굴이 되는 세 사람.

한국처럼 대학이 많은 게 아니라 어지간한 대학은 다 알고 있는데 구텐베리트 대학이라는 곳은 처음 들어 봤기 때문이다.

"그래. 갑자기 유학을 온 거라 멀쩡한 곳은 아니라고 생각하지만."

"갑자기?"

"응, 우리가 추적하니까 도주하다시피 온 거라니까."

독일인인 헬가는 이상하다는 얼굴이 되었다.

"유학이 그렇게 쉬울 리 없는데. 게다가 지금은 학기 중이잖아. 당연히 자리 없을 텐데?"

"그래서 멀쩡한 곳은 아닐 거라고 하는 거야. 이름만 대학이라고 표현하지, 대학이 아닐 수도 있어."

"아!"

원래 독일에 가기 위해서는 까다로운 절차를 거쳐야 한다.

돈이 있으면 갈 수 있는 미국과 다르게 독일의 경우는 학비가 전액 무료이며 기숙사비 같은 게 지원되어 생활비가 별로 안 들기 때문이다.

그래서 오고자 하는 사람은 많지만 기본적으로 독일어 검정 시험을 치러서 성적이 되는 사람만 한정된 숫자 내로 받도록 되어 있다.

만일 인원이 가득 찬 상태라면 다음 해를 노려야 한다.

"더군다나 그 녀석이 독일어를 그렇게 잘할 것 같지도 않고."

"흠, 그렇다면……."

대학 이름도 처음 들어 보는 데다 국가에서 요구하는 자격도 안 되는 사람을 받아 주는 대학이 있을 리 없다.

"잠깐만."

그때 헬가가 뭔가 기억난 듯 인터넷을 뒤지기 시작했다.

그녀는 잠시 후 자신의 홈페이지에서 뭔가를 찾아낼 수 있었다.

"아! 여기 있네, 구텐베리트."

"엉?"

한국에서는 그렇게 찾아도 자료가 없더니 독일에 와서는 나타난 자료에 노형진은 어이가 없었다.

그리고 그 이유에 대해 통역을 통해 듣고는 더 어이가 없었다.

"대학이 아니라고요?"

"네. 이건 학원이에요."

"학원?"

"네, 독일어 학원."

"아니, 독일에서 무슨 독일어 학원을……."

한국에서 한국어 학원을 다니는 거랑 똑같은 말이 아닌가?

"그래서 우리는 몰랐던 거죠. 하지만 친구 중에 한국인 친구가 한 명 있는데, 독일어 시험 때문에 여기에 왔다고 들었어요. 아무래도 한국과 독일의 차이가 있으니까."

한국에는 독일어를 가르치는 곳이 그다지 많지 않다.

더군다나 문법적으로 가르치는 한국의 문화상, 수업을 받아야 하는 독일 대학을 노리는 사람들의 입장에서는 제대로 된 공부라고 할 수가 없다.

문법만 알면 뭐 하나, 말이 안 통하는데.

"그래서 유학생들을 데리고 독일어를 가르치는 곳이 있다고 들었거든요."

"아!"

한국으로 치자면 한국에 귀화하거나 한국에서 취업을 원하는 사람들에게 한국어를 가르치는 셈이다.

학업도 포함되지만 말이다.

"그런데 왜 대학인 것처럼 홍보하는 거지?"

자신들이 찾은 정보에 따르면 마치 대학처럼 홍보되어 있었다.

그래서 잘 알려지지 않은 대학이거나, 아니어도 최소한 그 비슷한 정도는 되는 줄 알았고.

그런데 학원이라니.

"그 친구의 말로는 질이 안 좋은 곳도 있대요."

"질이 안 좋다고요?"

"네. 독일은 규칙이 엄하거든요."

독일의 대학은 점수에 무척이나 짠 편이다.

한국은 대학 입학이 어려울 뿐 졸업은 쉽지만 독일은 반대다. 입학은 어렵지 않은데 졸업이 어렵다.

심지어 어떤 곳은 2년 정도 지나면 학과생의 50%가 자퇴할 정도로 빡빡하게 교육한다.

당연히 점수가 안 되면 통과도 안 되고 낙제시켜 버린다.

"더군다나 독일은 토론식 수업을 진행해요. 제가 듣기로 한국은 강의식이라고 하더군요."

"네."

"그래서 말하는 능력이 중요해요."

한국에서는 강의식 수업이니 알아듣기만 해도 교과를 따라갈 수 있지만 독일은 그게 아니다. 그래서 학원도 그 수준을 맞추기 위해 엄청나게 빡빡하게 수업하는 편이다.

"그렇지만 그 친구 말로는 도피성 유학? 그런 걸 오는 애들을 대상으로 장사하는 곳이 있대요."

"헐."

손채림은 어이가 없다는 듯한 표정을 지었고, 노형진은 바로 알아들었다.

'비자 장사군.'

도피성 유학을 올 때 가장 힘든 게 뭘까? 바로 비자다.

여권이야 범죄만 저지르지 않았으면 나오지만, 장기 체류

하기 위해서는 합당한 이유가 있어야 한다.

"그리고 그런 이유를 만들어 주는 곳이군요."

"그런 곳이 있다고 들었어요."

일단 이쪽에서 돈을 내 가면서 공부한다고 하면 비자는 나오니까. 그리고 그 후에 공부를 하든 말든 그건 자신이 알아서 할 일이니까.

"그런 게 있어?"

"그런 거 많아. 동남아에서는 학위도 장사하는데, 뭘."

"뭐라고?"

"학위 장사라고, 있어."

대학 건립이 자유로운 나라는 일단 이름뿐인 대학을 등록시킨 후에 그냥 돈 받고 학위를 파는 경우도 많다.

물론 그런 곳들이 많지는 않지만 많은 사람들이 그걸 믿었다가 사기당하곤 한다.

"이곳이 어디에 있는지 알 수 있을까요?"

만두성의 집이 어딘지 알 수가 없으니 그를 찾기 위해서는 그곳을 찾아야 했다.

"그건 어렵지 않아요."

헬가는 독일어로 되어 있는 주소를 스크린샷을 찍어서 보내 줬고, 노형진은 그걸 확인하면서 주먹을 불끈 쥐었다.

'드디어 잡았다.'

밤이 되어서야 도착한 주소지 앞에서, 노형진은 자신의 소
감을 간단하게 말했다.

"확실히 멀쩡한 곳은 아니군."

학원이라고 하지만 건물도 낙후되었고 규모 자체도 무척
이나 작았다. 잘해 봐야 강의실 두세 개 정도 들어가는 규모.

"애들이 참……."

"넌 여기 있을 때 저런 애들 못 봤어?"

"볼 일이 없었지. 솔직히, 사는 세계가 다르잖아."

"하긴."

빡센 독일에서 공부하다 보면 저렇게 우르르 몰려다니면
서 놀 시간이 없다.

애초에 학원 주변에 술집이 몰려 있다는 것도 말도 안 되고.

"거기에다 간판이 한글이야. 개판이구먼."

딱 봐도 저곳에 이름만 올려 둔 애들을 대상으로 장사를
하는 곳이라는 것쯤은 알 수 있었다.

"여기서 찾을 수 있겠어?"

"내가 봐서는 있을 것 같은데."

"응?"

"너처럼 열심히 배우는 애들이 흔하지는 않거든."

독일어를 전혀 할 줄 모르는 상황에서 보호자도 없이 독일

에 던져지면 사람들은 어떤 반응을 보일까?

아마도 둘 중 하나일 것이다.

첫 번째가 독일어를 배우면서 현지에서 적응하려고 하는 것, 두 번째는 자기에게 익숙한 공간을 찾아가는 것.

"그리고 만두성은 두 번째야. 저기 보이네."

"헐, 양반은 못 되는 놈일세."

그사이에 친구를 만든 건지 우르르 술집에서 나오는 녀석들. 그 사이에서 만두성이 휘청거리면서 걸어가는 것이 보였다.

"귀신같네."

"뻔하지."

사람들의 행동 패턴은 뻔하다. 특히나 안주하려고 하는 성향은 더욱더 그렇다.

"거기에다 그는 범죄의 처벌을 피하기 위해 여기에 왔어. 그러니 제대로 공부할 생각이나 있겠어?"

"하긴."

그저 시간이나 때우다가 가려고 할 게 뻔했다.

"문제는, 저 녀석을 어떻게 한국으로 돌아가게 하느냐는 건데……."

자신들은 여기서 할 수 있는 게 없다.

독일의 변호사도 아니고, 그렇다고 증거가 있는 것도 아니다. 그가 한국으로 강제송환되게 하기 위해서는 어떻게 해서든 증거를 잡아서 한국에서 살인죄로 기소받게 해야 하는데,

그건 또 불가능한 상황이다.

그를 자극해서 실수하려고 한 거였지, 도피하게 하려고 한 게 아니니까.

"한국으로 어떻게 보낸다……."

노형진은 심각한 얼굴로 만두성을 노려보았다.

결국 한국에 가야 힘을 쓸 수 있는데 말이다.

"음……."

손채림은 만두성을 보다가 문득 과거 자신의 친구가 생각 났다.

물론 자신의 친한 친구라기보다는 친구의 친구의 친구 이 야기를 전해 들은 거지만.

"독일 경찰에게 쫓기게 하는 건 어때?"

"독일 경찰? 아니, 웬 독일 경찰?"

"독일은 한국보다 상당히 처벌이 강해. 한국에서는 불법 이 아니거나 가볍게 보는 죄들이 독일에서는 상당히 강한 처 벌을 받거든."

실제로 전해 들은 친구 이야기는 상당히 어이가 없었다.

한국에서 일본 성인 망가를 모으는 것이 취미였던 그는 독 일에 와서도 아무 생각 없이 일본에 해당 망가를 주문했는 데, 하필이면 그게 학생을 주제로 한 망가였던 것.

독일은 성매매가 합법일 정도로 어떤 면에서는 자유로운 부분이 있지만 단 하나, 아동과 청소년에 관련된 성 상품에 대해서만큼은 최고 종신형까지 처벌할 수 있도록 되어 있다.

그래서 그게 독일 경찰에 걸렸고, 독일 경찰은 그의 집을 급습했다.

그 결과 백 권이 넘는 일본 망가가 발견되어 하마터면 독일에서 감옥에 갈 뻔했는데, 다행히 독일 문화에 대해 모르는 점이 정상참작되어 추방으로 끝났다는 것이다.

"망가라⋯⋯."

"그래. 함정 하나 파 두면 될 것 같은데."

"그런데 그런 걸 어디서 구하는데?"

"아⋯⋯."

그런 걸 그렇게 철저하게 통제하는 독일에서 그런 걸 구해서 심어 둘 수는 없다.

물론 구하려고 하면 구할 수는 있을 것이다. 하지만 증거를 조작해서 보내는 것은 자신들이 처벌받을 수도 있다는 것을 감안해야 한다.

독일 경찰이 그렇게 호락호락한 대상은 아니니까.

"독일 경찰을 끼워 넣는 건 좀 위험한데."

"그런가?"

약간은 아쉬운 표정이 되는 손채림.

그러다가 뭔가 좋은 생각이 난 듯 손뼉을 딱 쳤다.

"독일 경찰이 끼어들게 하는 건 문제가 안 되지만 독일 경찰에 쫓기고 있다는 생각만 들게 하는 건 괜찮지 않을까?"

"쫓기고 있다는 생각만 들게 한다고?"

"응. 어차피 중요한 건 그가 한국으로 돌아가는 거잖아."

"그건 그런데, 어떤 걸로 쫓긴다고 생각하게 할 건데?"

"그게 문제인데……."

확실히 독일은 한국보다 처벌이 강하다. 그러니 독일에서 처벌받기보다는 한국으로 가려고 할 것이다.

가령 한국에서는 길어 봐야 3년이 나오는 횡령의 경우, 독일은 종신형을 때려 버릴 정도로 처벌이 강하다.

그러니 독일 경찰에게 추적당한다고 생각하면 서둘러서 한국으로 가려고 할 것이다.

"어……."

무슨 방법이 없을까 하고 고민하던 손채림은 문득 술에 취해서 휘청거리는 한국 아이들을 바라보았다.

사실 아이라기보다는 청년에 가깝다.

"그러고 보니 술 취한 것치고는 이상하지 않아?"

"이상해? 뭐가?"

"아, 넌 술을 잘 못 먹어서 모르겠구나. 저 애들 말이야, 계속 웃고 있어."

아까 전에 가게에서 나온 후 바닥에 널브러져서 킬킬거리는 녀석들.

"뭐가 이상한데? 그런 놈들 많잖아."

"그렇기는 하지. 술을 먹으면 개가 되는 건 만고불변의 진리니까."

"그런데?"

"그런데 시간이 그럴 시간이 아니라는 거야. 독일은 한국
처럼 아무 곳에서나 술을 팔지 않아. 파는 곳도 정해져 있고,
저런 펍이라고 하는 술집은 이제 오픈한 지 얼마 안 됐어. 그
런데 그사이에 저렇게 취했다고?"

"그래?"

물론 술에 취해서 해롱거리는 사람이 없는 건 아니다.

하지만 그건 어디까지나 시간이 좀 지났을 때의 이야기지,
지금처럼 이른 저녁에는 아니다. 그런데도 만두성과 그 일행
은 마치 술에 취한 것처럼 휘청거리고 있었다.

"엑스터시에 취한 것 같은데?"

노형진은 그들의 행동을 잘 살폈다. 그리고 자신이 봤던
마약중독자들과 비슷하다는 사실을 알아차렸다.

"엑스터시?"

"그래. 히로뽕보다는 좀 약하기는 하지만 말이야."

엑스터시는 신종 마약으로 분류된다.

히로뽕보다는 좀 약하다고 하지만 쉽게 만들 수 있고 또
공급하기도 쉬운 알약 형태라 무섭게 퍼지고 있는 마약 중
하나였다.

"아! 기억난다."

손채림도 독일에 있을 때 젊은 사람들을 대상으로 엑스터시

라는 마약이 빠르게 퍼지고 있다는 소식은 들은 적이 있었다.

'하긴…… 당연하다면 당연한 건가?'

미국의 경우에도 도피성 유학을 온 녀석들 중 상당수는 마약에 빠진다. 현실을 잊기 위해서다.

독일이 미국보다는 엄하다고 하지만 그래도 마약이 있는 것은 확실하다.

특히나 저런 곳들은 아예 저런 유학생을 대상으로 하는 마약 업자가 상주하고 있는 경우가 많다는 것도 노형진은 알고 있다.

'결국 마약에 취했다 이거지.'

노형진은 문득 좋은 생각이 난 듯 씨익 웃었다.

⚖

"얼마요?"

"3천 유로 드리지요."

노형진은 그날 밤에 만두성과 함께 있던 녀석을 이용하기로 했다.

경찰을 불러도 되지만 경찰은 수사하는 데 시간이 오래 걸린다. 더군다나 진짜로 처벌받게 된다면 한국으로 언제 올지 요원해지기 때문에 진실을 조사하고자 하는 노형진의 계획과는 많이 틀어지게 된다.

"음……."

"어차피 의리라는 게 있는 것 같지는 않은데요? 안 그런가요?"

"그래도 친구인데."

"본 지 한 달도 안 된 녀석 아닌가요?"

"크흠……."

노형진의 말에 남자는 슬쩍 시선을 돌렸다.

'미국이든 독일이든, 이런 식으로 도피성 유학을 오는 놈들은 뻔하지.'

그들은 한국에서 사고를 치거나 다른 이유로 다른 나라로 쫓겨나듯이 유학을 온다. 그리고 그런 경우 그들에게 충분한 자산이 주어지지는 않는다.

부모들도 바보는 아니기 때문에, 혹시나 미국이나 외국에서 다른 뭔가에 빠질까 걱정하는 것이다.

물론 그건 대부분 현실이 되지만.

어찌 되었건 그렇다 보니 그들의 입장에서는 돈이 궁하고, 그러니 돈을 가진 놈에게 들러붙게 되어 있다.

'그리고 그게 바로 새로 온 녀석이지.'

새로 온 녀석들은 대부분 자기 돈을 가지고 있고 또 유학이라고 보내면서 돈푼깨나 쥐여 주는 경우가 많기 때문에 그들이 오면 마치 생활에 대해 알려 주는 것처럼 접근해서 돈을 빼먹는 게 일이었다.

'한두 번도 아니고 말이야.'

그런 상황에서 3천 유로면 적지 않은 돈이다.

"그냥 전화 한 통이면 됩니다."

"한 통이라⋯⋯."

흘깃 봉투를 바라보는 남자.

그 안에는 3천 유로가 들어 있다. 그리고 그 돈이면⋯⋯.

'어차피 그 녀석도 돈이 떨어져 가기는 하는데.'

만두성이 왜 도피성 유학을 온 건지는 알 수 없다. 하지만 만두성이 가지고 온 돈은 조금씩 바닥을 보이고 있었다.

지금은 한국에 있는 엄마한테 말해서 돈을 받았다고 했지만 조만간 그것도 끊어질 게 뻔하다. 매번 그래 왔으니까.

그런 그의 시선을 보면서 노형진은 피식 웃었다.

'안에서 새는 바가지는 바깥에서도 새는 법이지. 부모들은 그걸 몰라.'

한국에서 사고 치고 외국으로 도피한 녀석이 거기서 정신을 차리고 바르게 살 리 없다.

도리어 그나마 통제되던 한국과 다르게 외국에서는 통제할 사람도 없어서, 브레이크도 없이 미친 듯이 타락하는 경우가 대부분이다. 마약을 하고 갱단에 들어가고 범죄를 저지르는 것이다.

그런 녀석들에게 의리란 게 있을 리 없다.

"내가 전화를 주면 어떻게 되는 건데요?

"독일 경찰을 피해서 도주하겠지요."

"음······."

남자는 잠깐 눈이 흔들렸다.

그렇게 된다면 남은 것은 한국으로 가는 것뿐인데.

'한국으로 돌려보내서 처벌을 받게 할 생각인 모양인데······.'

잠깐 고민은 했지만 그는 마음을 강하게 먹었다.

정확하게는 술집에서 기다리는 마약 상인의 생각이 머리에서 떠나지 않았다.

돈이 떨어져서 엑스터시를 끊은 지 오래다. 그나마 만두성을 만나서 조금씩 얻어먹었지만, 그걸로는 양이 부족했다.

"400유로 줘요, 바로 할 테니."

노형진은 잠깐 그를 바라보았다. 하지만 곧 고개를 끄덕거렸다.

"그러지요."

바로 주머니에서 돈을 꺼내는 노형진.

그걸 보고 남자는 잠깐 침을 꿀꺽 삼켰지만 등 뒤에 있는 경호원을 보고는 이내 포기했다.

다른 사람도 아니고 변호사를 섣불리 건드렸다가는 일이 꼬이기 때문이다.

"알았어요."

그는 잠깐 심호흡하더니 전화기를 들었다. 그리고 노형진이 들을 수 있게 스피커폰 상태로 만두성에게 전화를 걸었다.

"두성아, 나야."

-이 시간에 어쩐 일이야? 벌써 클럽 가자고? 아니면 뭐,
괜찮은 여자라도 찾은 거야?

전화를 받고는 기대에 찬 목소리로 묻는 만두성의 목소리.

"씨발, 그게 문제가 아니야. 현태가 경찰에 잡혀갔어!"

-뭐? 그게 무슨 소리야?

"현태 이 새끼가 경찰에 잡혀갔다고! 마약 소지로 걸렸어!"

-뭐? 그 새끼가 우리 약 다 가지고 있었잖아?

"그래. 그런데 이 새끼가 우리 팔았다. 경찰에서 전화 왔
어, 당장 출두하라고."

순간 전화 너머에서는 침묵이 흘렀다. 이 상황이 무슨 상
황인지 이해하지 못한 듯했다.

-그러니까, 짭새들이 우리 마약 한 걸 알았다는 거야?

"그래. 현태 이 새끼가 형량 낮추려고 다 불었어. 우리 걸
리면 10년 이상이야, 씨발."

얼마나 거짓말을 해 온 건지 자연스럽게 거짓말을 하는 남
자를 보면서 노형진은 어이가 없었다.

'의리는 완전히 엿 바꿔 먹었구먼.'

돈에 혹해서 친구를 팔아먹는 모습이 좋은 건 아니지만 그
게 자신이 원하는 모습이었기 때문에 노형진은 조용히 바라
보기만 할 뿐이었다.

-10년?

10년이라는 말에 갑자기 떨리기 시작하는 만두성의 목소리.

"그래, 10년."

물론 한국보다 처벌이 강하기는 하지만 그 정도는 아니다.

하지만 독일에 대해 잘 알지 못하는 만두성은 목소리가 떨리고 있었다.

실제로 중국 같은 곳에서는 마약과 관련된 사건은 기본적으로 사형이기 때문이다.

"씨발, 당장 튀어야 해."

-하지만 어떻게? 씨발, 난 한국으로 가면 좆 된다고.

"그럼 어쩌려고? 여기 있다가 잡히면 인생 폭망이야. 일단 한국으로 튀어야지."

-씨발…….

그렇게 말하던 만두성은 노형진이 예상도 하지 못한 말을 꺼냈다.

-야! 일단 대사관에서 보자!

"대사관?"

-그래. 우리 외삼촌이 다 이야기해 놨어. 문제가 생기면 대사관으로 피신하라고.

'뭐? 이게 뭔 개 같은 경우야?'

노형진은 깜짝 놀랐다. 설마 대사관에까지 손을 써 놨을 줄은 몰랐던 것이다.

'이런 염병할.'

대한민국 대사관은 기본적으로 자국민의 안전에 관심이

전혀 없다.

그러나 단 하나, 그 피해자가 가진 사람이나 정재계 인사라면 결사적으로 싸운다.

"대사관이라고?"

–그래. 나 먼저 갈 테니까 어서 튀어 와. 내가 말하면 아마 같이 받아 줄 거야. 이런, 씨발. 끊어. 거기서 보자.

황급하게 전화를 끊어 버리는 만두성.

그리고 노형진은 당황한 얼굴로 손채림을 바라볼 수밖에 없었다.

"아니, 이 경우는 어떻게 해야 해?"

"끄응……."

대사관에서 조금만 알아보면 이 모든 게 거짓이라는 것을 알게 될 테고, 그러면 한국으로 오려고 하지 않을 것이다.

그리고 한 번 속았으니 다시 한 번 속을 리도 없고.

"이런……."

노형진은 얼굴을 찌푸리는 것 말고는 할 수 있는 게 없었다.

⚖

"실종이라……."

만두성은 대사관으로 간 이후에 실종되었다.

정확하게는, 어디로 사라진 것인지 찾을 수가 없었다.

"죄송합니다. 캐낼 수 있을 거라 생각했는데."

"자네가 미안할 건 없네. 우리가 부족해서 그런 거지."

"도무지 어디로 갔는지 알아낼 수가 없네요."

자신들이 노리고 있는 걸 알아차린 것인지, 그는 말 그대로 철저하게 자신을 숨긴 듯했다.

출국 기록도 없고, 그렇다고 다시 숙소로 돌아온 것도 아니다.

"대사관에서 숨겨 주는 걸까?"

"그럴 수도 있고, 아니면 대사관에서 준비한 안가에서 지낼 수도 있지요."

"음……."

"가능성은 많습니다."

'하지만 이해가 안 가는데?'

대사관으로 갔으면 이미 사건에 대해 조사를 했을 테니 그당시 전화가 거짓말이라는 것도 알았을 것이다. 그러니 돌아왔어야 정상이다.

그런데 돌아오지 않는다니

'해외로 뜬 건가?'

하지만 조사에 따르면 독일을 떠난 기록이 없다.

아무리 대사관이라고 해도 비행 기록까지 조작할 수는 없다. 그렇다고 대사관에서 가짜 여권을 만들어 줄 리는 없고.

"일단은 어디에 숨어 있는지 찾아내는 것이 관건입니다.

유럽 어딘가에 있을 가능성이 높습니다. 유럽 내부에서는 이동이 자유로우니까요."

"음……."

"일단은 유럽 쪽으로 확인을……."

노형진이 다음 계획을 짜고 있을 때 문이 벌컥 열리면서 헐레벌떡 손채림이 들어왔다.

"형진아! 헉헉헉……."

"아니, 왜 그래? 무슨 일이야?"

"크…… 큰일 났어."

"큰일?"

"그래! 난리가 났어! 아니, 우리한테는 아닌데, 우리 일에는……."

"뭔 개소리야?"

어리둥절한 얼굴이 되는 두 사람.

"천천히 말해 보게, 채림 양."

"아! 서 변호사님도 계셨네요. 마침 잘되었네요."

"뭔 일인데 그래?"

"이거 좀 봐 봐."

손채림은 다급하게 컴퓨터로 가더니 유호스로 접근했다.

유호스는 인터넷에 자신이 원하는 영상을 올리는 사이트다.

순간 노형진은 고개를 갸웃했다.

"북한 유호스 페이지는 왜?"

"아니, 잠깐 기다려 봐!"

그녀는 다급하게 최근에 올라온 영상을 하나 골라서 재생시켰고, 그걸 본 노형진은 자신도 모르게 입을 쩍 벌렸다.

"이게 뭔 개 같은 경우야?"

화면에 나오는 것은 다름 아닌 만두성이었다.

그는 기자회견장으로 보이는 곳에서 기자회견을 하고 있었다.

—전 조선민주주의인민공화국에 들어온 것을 자랑스럽게 여깁니다. 여기는 말 그대로 천국입니다. 전 여기서 행복하게 지내고 있습니다. 제가 살던 대한민국은 지옥이었습니다. 썩을 대로 썩은 정부와 부패한 기업들 그리고 노동자를 쥐어짜는…….

기자회견을 하는 그 모습은 누구도 예상하지 못한 모양이었다. 심지어 서승진조차도 당황할 정도였다.

"저 녀석이 왜 저기 있단 말인가?"

"그…… 글쎄요?"

다른 나라도 아니고 하필이면 왜 북한이란 말인가?

아무리 살인죄를 피하고 싶었다지만 북한으로 가다니.

'이건 늑대를 피하려다가 호랑이 소굴로 들어간다더니? 아니, 이건 그것보다 더 말이 안 되잖아?'

그 농담에서는 최소한 모르고 들어갔는데 알고 보니 호랑이 소굴이었다.

그런데 대한민국의 국민 중에서 북한의 실상을 모르는 사람은 극히 드물다.

이건 호랑이 소굴로 들어간 정도가 아니라, 호랑이 아가리로 직접 대가리를 밀어 넣은 셈이다.

"이게 도대체 어떻게 된 거야?"

"나도 몰라. 하지만 어젯밤에 인터넷에 올라왔어."

"음……."

그렇다면 아마 대한민국 정부도 난리가 났을 것이다.

현 정권은 북한과 사이가 안 좋다.

사실 대한민국이 사이가 좋았던 시기는 별로 없었지만 하여간 극단적 대립인 상태인데, 이 상황에서 일반인이나 가난뱅이나 범죄자도 아니고 부잣집 아들내미가 월북했으니 말이 많을 수밖에.

"어쩌면 기회가 생겼을지도 모르겠네요."

"기회?"

"네."

"무슨 기회?"

"우리나라에는 이런 상황에 참 곤란해지는 집단이 하나 있으니까요."

노형진은 그걸 보면서 눈을 반짝거리기 시작했다.

"이런 씨발…… 미치겠네."

국정원 4팀의 팀장인 방수찬은 돌아 버릴 지경이었다.

그는 독일 쪽을 담당하고 있는데 뜬금없이 독일을 통해 월북한 미친놈이 나타난 것이다.

제대로 정보도 확인 안 하냐면서 온갖 질책을 다 당하고 있었는데, 자신으로서는 도무지 길이 안 보였다.

'아, 씨발……. 왜 넘어간 거야.'

가장 이해가 안 되는 것은 그 녀석이 월북한 이유다.

그거라도 알아야 변명이라도 해 보겠는데, 이건 아무것도 모르니 변명해 볼 건덕지도 없다.

"아, 돌겠네."

그는 짜증스럽게 말하면서 넥타이를 잡아당겼다.

'젠장, 인원이나 더 주든가.'

정권이 바뀌면서 오로지 정권에 반대하는 사람들만 감시하는 체계가 되어서 안 그래도 부족한 외국의 정보력은 거의 무너졌다. 그런 상황에서 자신에게 모든 책임을 뒤집어씌우니 돌아 버릴 지경이다.

"갑갑하신가 보죠?"

그가 출근하기 위해서 자가용으로 이동하고 있을 때 누군가 부르는 목소리에 그는 움찔했다.

혹시나 해서 품 안에 있는 권총을 꽉 쥐면서 고개를 돌려 보니 한 남자가 웃으면서 서 있는 게 보였다.

"누구?"

"노형진이라고 합니다. 이번 사건에 대한 정보를 가지고 있는 사람이지요."

"이번 사건에 대한 정보라니요?"

"독일에서 벌어진 월북 사건 말입니다. 관심 있으십니까?"

방수찬은 노형진을 물끄러미 바라보았다. 이놈이 어떤 놈인가 하는 시선이었다.

그리고 첫 번째 질문은 정해져 있었다.

"절 잘못 보신 것 같습니다만?"

"블랙 요원도 아니고 화이트 요원인데 제가 모르겠습니까? 안 그런가요?"

"음……."

블랙 요원은 비밀리에 첩보 활동을 하는 사람들로, 그들은 스파이라고 불리며 일이 잘못되어도 존재 자체도 인정받지 못한다.

그에 반해 화이트 요원은 보통 대사관 무관이라 불리며 공식적으로 외부에 드러난 사람이다.

"화이트라니요? 잘 모르겠습니다만."

"이 상황에서 다급하게 한국으로 귀국했는데, 그러면 어떻게 받아들여야 할까요?"

"……."

"뭐, 인정하기 싫으시다면 전 물러가지요. 외국 방송국도 상당한 관심을 보일 것 같은데."

"크윽."

방송국이라는 말에 방수찬은 신음이 절로 나왔다.

진짜 중요한 정보인데 외국 방송국을 통해 드러나면 자신 뿐만 아니라 국정원 자체가 곤란해진다.

"잠깐만 기다려요. 이야기 한번 해 봅시다."

방수찬의 말에 노형진은 씩 미소를 지었다.

⚖

얼마 뒤 정부에서는 조사 결과를 발표했다.

아니, 발표했다기보다는, 못이 박혔다고 해야 할 것이다.

"얼마 전 일어난 만두성 월북 사건은 그가 살인죄를 피하기 위해 저지른 짓으로 드러났습니다."

"살인죄요?"

"그는 살인자인 건가요?"

기자회견장에 모여 있던 기자들은 웅성거리면서 물었다.

수년간 벌어지지 않던 월북 사건이다. 물론 미친놈들은 여전히 있지만 이렇게 대놓고 언론에 드러난 사건은 없었다.

북한은 만두성이 쓸 만한 홍보용 인물이라고 생각해서 연일 방송에 내보내고 있었기 때문이다.

부잣집 아들에, 외삼촌이 3성장군이다. 이런 사람이 월북한 전례가 없으니까.

"현재 군 내부에서 수사 중입니다만, 거의 확정적입니다."

"확정적이다?"

"그렇습니다. 만두성이 몇 년 전 군 생활을 하던 중 후임을 총기로 살해한 정황이 드러났습니다. 그 당시에는 자살로 의심되었으나 군 검찰은 사건에 의심을 품고 계속 수사를 진행하였고, 이 사실을 안 그는 처벌을 면할 목적으로 독일로 도피하였다가 월북한 것으로 추정됩니다."

"어쩐지."

"뜬금없이 월북이라니."

기자들은 이해가 간다는 표정이 되었다.

하긴, 켕기는 것도 없는 녀석이 월북을 할 리가 없지 않은가?

"현재 대한민국 정부는 살인범인 만두성에 대한 송환을 북한에 요구하고 있으나······."

기자회견을 보고 국민들은 만두성이 왜 월북했는지 알 것 같다는 말을 다들 하고 있었지만, 그 이면의 진실은 때로는 더 복잡한 법이다.

"자네는 안 나서도 되는 건가?"

"제가 나서는 것보다는 차라리 국방부가 나서는 게 더 그림이 좋습니다. 제가 나서면 일개 변호사의 주장이지만 국방부가 나서면 그건 진실이 되니까요."

"음……."

노형진은 국정원을 통해 만두성이 살인 혐의를 받고 있다는 사실을 알렸다.

그러자 국정원에서 국방부를 털기 시작했다.

국방부의 입장에서는 뜬금없는 월북 사건에 자신들이 연관되어 있으니 곤혹스러울 수밖에 없었다.

"결국 정부에서는 상황을 선택해야 하지요."

죄를 지은 놈이라 월북을 한 거라고 주장하든가, 아니면 진짜 자신들이 지옥이라는 그의 말을 수긍하든가.

당연히 전자다.

더군다나 그 증거는 이미 넘치는 상황이다.

"이런 상황이면 외삼촌인 이성문도 힘을 못 쓰지요. 일단 그도 자리가 날아가는 셈이니까."

"그런가?"

"네. 사건을 은폐하고 그가 독일로 갈 수 있게 도움을 준 것이 바로 이성문입니다. 그 상황에서 그가 월북했으니 이성문의 처지는 과연 어떻게 될까요?"

"하긴…… 우리나라에서 그런 장성을 그냥 둘 리 없지."

"그렇지요."

한국에서 장성이 되려면 할아버지 대까지 조사는 기본이고 사촌까지 모조리 조사해서 흠집이 있는지 없는지를 확인

받아야 한다.

그런데 다른 사람도 아니고 조카가, 그것도 그가 직접 독일로 보내 준 조카가 뜬금없이 월북했으니 그의 군 생활의 커리어는 끝장난 것이나 다름없다.

"정부의 입장에서도 당연히 그가 범죄에 대한 처벌을 피할 목적으로 월북했다고 하는 게 면이 살고요."

"허허허."

자기들의 모든 공격에서 국가 기밀이랍시고 철저하게 감춰지던 모든 것이 갑자기 다 풀려나면서 사건은 두 번째 조사가 진행 중이었다.

그리고 조사가 진행될수록 진실은 걷잡을 수 없이 드러났다.

"이쪽 조사관의 말로는 일단 사고로 죽인 것 같다고 하더군."

"사고요?"

"그래. 자네 말대로 정비 불량이라고 하더군."

"끄응……."

제대로 총기를 청소하지 않은 상황에서, 만두성은 자신보다 잘나가는 성우민을 갈구기 위해 탄창을 낀 채로 그의 가슴을 총구로 팍팍 밀었다는 것이다.

그러다가 그 충격으로 총이 발사된 것이고.

"그렇지만 정부에서는 고의 살인으로 몰아갈 모양이더군."

"그렇겠지요."

월북한 만두성을 최대한 나쁜 놈으로 만들어야 정부에서

는 부담이 덜하다.

사고사를 자살로 은폐했듯이, 이제는 반대로 사고사를 고의적 살인으로 조작하고 있는 것이다.

'완전히 상황이 바뀌었군.'

사건 은폐에서 사건 공개로. 자살에서 타살로 모든 것이 바뀌었다.

이 모두가 멍청하게 월북을 한 만두성 때문에 벌어진 일이었다.

"하지만 도대체 왜 북한으로 간 거야? 대사관에서 보호해 주기로 했다면서?"

"저도 이해를 못 하겠습니다. 만두성이 그 정도로 바보는 아닐 것 같은데……."

"그건 내가 알 것 같은데?"

때마침 문이 열리면서 들어오는 손채림.

노형진은 그녀를 보고 반가움에 자리에서 일어났다.

"늦었네?"

"뭐, 조사하는 데 좀 걸렸어. 국정원에서 하도 먼저 자료를 달라고 해서."

어깨를 으쓱하는 손채림.

그녀는 도대체 왜 만두성이 월북을 했는지 알아보려고 국정원과 독일에 조사하러 갔던 것이다.

"그래서 알아낸 건가?"

"네. 어이가 없었지만요."

"어이가 없다니?"

"이게 월북하려고 한 게 아니더라고."

"응? 그게 무슨 소리야?"

"마지막 통화 기억해?"

"마지막 통화? 아, 그 만두성과 했던 말 말이지?"

"응. 그때 대사관으로 대피한다고 했잖아?"

"그렇지."

"그래서 이야기를 들어 보니 자기 숙소에서 짐을 꾸리고는 바로 나가서 택시를 탔어. 그리고······."

어깨를 으쓱하는 손채림.

노형진은 설마 하는 생각이 들었다.

"혹시······ 코리아 대사관으로 가자고 한 거야, 멍청하게?"

"배차 기록을 확인해서 그 당시 택시 기사에게 확인했어, 자신이 코리아 대사관에 내려 줬다고. 황급하게 튀어 들어갔다던데?"

"아이고, 맙소사."

노형진은 머리를 부여잡은 반면, 서승진은 이해가 안 간다는 표정을 지었다.

"그게 문제인가?"

"문제죠. 사실 한국 사람들이 잘 모르는 큰 문제이기는 하지만요."

"큰 문제?"

"코리아라는 단어는 우리만 쓰는 게 아니거든요."

"그게 무슨…… 아!"

대한민국은 해외에서 보통 '사우스 코리아'라고 불린다. 즉, 남쪽에 있는 한국, 남한.

그에 반해 조선민주주의인민공화국은 '노스 코리아', 즉 북한이라고 불린다.

둘 다 코리아라는 단어가 들어간다.

"설마 그런 어이가 없는 일이 벌어졌으려고!"

"불가능한 건 아니죠."

제대로 알지 못하는 만두성은 택시를 타고 무조건 '코리아 대사관'으로 가자고 외친 것이다.

일반적으로 사람들은 사우스 코리아, 즉 남한을 알고 있고 또 그쪽을 우선시한다. 훨씬 유명하니까.

"하지만 북한이라는 존재를 모르지도 않지요."

"헐."

진실은 간단했다.

택시에 탄 만두성은 코리아 대사관으로 가자고 황급하게 외쳤다. 그는 독일어를 할 줄 모르니 코리아라는 영어로 외친 것인데, 정작 택시 운전기사는 영어를 할 줄 몰랐다.

물론 택시를 운전하니 코리아라는 나라와 대사관에 대해 알고는 있다.

이것이 법이다

그래서 그는 노스 코리아인지 사우스 코리아인지 물어봤는데, 독일어를 모르는 만두성은 일단 '예스'와 '코리아'를 연발한 것이다.

택시 운전기사는 그걸 노스 코리아, 즉 북한으로 가자는 걸로 알아들은 거고.

"대사관에 들어가기 전에 확인이라도 했으면 알았을 텐데."

황급하게 도피 중인 상황이니 간판도 확인 안 하고 다급하게 뛰어들어 간 것이 문제였다.

아마도 다 준비되어 있으니 오라는 식으로 대사관과 이야기가 다 끝나 있었을 것이다.

"그리고 북한 놈들이 제 발로 굴러들어 온 탈북자를 보내 줄 리 없죠."

한국이었다면 잘못 들어왔다고 하면 보내 줬을 것이다. 일반적으로 자유국가라면 그렇다.

하지만 북한이 그럴까? 절대 그럴 리 없다.

"끄응……."

그 후는 뻔하다.

바로 체포당해 북한으로 비밀리에 압송당한 후 구타와 고문을 당하고 그들의 체제 선전에 동원된 것이다.

"미친……."

이 황당한 상황에 서승진은 어이가 없었다.

진실이 드러났고, 어쩌다 보니 화끈하게 복수한 셈이 된 것이다.

집안은 풍비박산이 났고 그를 비호하던 장군은 사실상 불명예제대가 확정적이다. 살인을 은폐한 데다가 북한으로의 탈북을 도와준 셈이니까.

"사고인 걸 국정원이 알 텐데 선처 안 할까?"

"할 리가 있냐?"

이미 살인자로 만들어서 처벌을 피하기 위해 월북했다고 발표했는데 '알고 보니 사고였습니다.'라고 국정원이 말할까?

"그럴 조직이면 내가 걱정을 안 하지."

국정원은 절대로 자기 잘못을 인정하는 조직이 아니다. 아마도 이번 조사 내용을 불문에 부칠 것이다.

그 소식이 조만간 이쪽으로도 전해질 테고 말이다.

'그리고 협조를 부탁하겠지.'

말이 협조 요청이지, 사실상 말하지 말라는 뜻이다.

"허허허."

지금의 상황이 어이가 없는 듯 웃는 서승진.

"인과응보로군."

"인과응보라……. 맞는 말이네요."

이번 사건에서 노형진과 새론은 사실 모든 작전이 실패한 셈이다. 그런데 그걸 피하기 위해 자기들끼리 머리를 쓰다가 최악의 선택으로 가 버린 것이다.

"인과응보라……. 참 마음에 드는 말이다, 그지?"

손채림은 이 상황이 재미있는 듯 키득거리면서 웃었고, 노형진도 격하게 동의할 수밖에 없었다.

"아주아주 좋은 말이야. 으하하하하!"

"이게 무슨⋯⋯."

한국은 유교 문화권에 속한다. 그리고 그런 문화에서 가장 중요한 요소 중 하나가 바로 장례다.

부모와 먼저 돌아가신 분들에 대한 예의 그리고 그분들에 대한 종묘 일이야말로 가문에서 가장 중요시하는 것이며 또한 중심이 되는 것이다.

당연히 가장 중심이 되는 공간은 산소라고 불리는 곳, 즉 무덤이다. 그런데⋯⋯.

"이게 무슨 일이여! 이게!"

공동묘지를 관리하는 관리인은 사색이 된 얼굴로 공동묘지를 바라보았다.

새로 생긴 묘원이라서 아직 빈 곳이 더 많다고 하지만, 그 렇다고 해도 새로 만들기 위해 파 둔 공간과 만들어졌는데 파헤쳐진 공간을 못 알아차릴 정도는 아니었다.

"형님! 큰일 났소!"

허겁지겁 달려오는 한 사람.

"저 산 너머에 있는 무덤이······! 이······ 이런 세상에!"

겨울이 지나자 혹시나 얼어붙어서 무너진 무덤이 있지 않을까 하는 생각에 확인하러 갔던 직원 중 한 명이 무덤들을 보고 주저앉았다.

산 너머에 있는 것만이 아니라 여기에 있는 것까지 당하다니.

"당장 경찰 신고해! 당장!"

"아이고······ 이게 무슨 일이야······."

패닉에 빠진 그들은 서둘러서 사장과 경찰 그리고 무덤의 주인들에게 전화를 하기 시작했다.

⚖

"아, 진짜 우리는 모른다니까요."

난리를 피우는 사람들과 화를 내는 사람들. 그리고 그 사이에서 어쩔 줄 몰라 하는 경찰들.

"쿨쩍."

노형진은 콧물을 닦으면서 진료를 기다리다가 그 모습을

보고 고개를 갸웃했다.

"뭔 일이야?"

보아하니 큰일이 난 것 같은데 경찰은 중재를 해 주지도 않고 구경만 하는 모양이다.

"뭐지?"

감기 때문에 병원에 왔다가 생각지도 못한 구경거리가 생기자 노형진은 다른 사람들과 마찬가지로 그곳으로 점점 다가갔다.

어느 틈엔가 모여든 사람들이 그들을 바라보고 있었지만 분노한 다수의 사람들과 그들을 진정시키는 소수의 사람들은 그다지 신경 쓰지 않는 듯했다.

"우리 딸 시체 내놔!"

"아이고, 이것들아! 천벌을 받을 것이여!"

화를 내는 사람들. 그리고 그 소리를 듣고 억울해하는 사람들.

"저기요, 여러분. 지금은 쌍팔년도가 아니에요. 21세기란 말입니다. 여러분이 생각하는 그런 일은 없어요!"

"없다면서 왜 여기서 나오는 거야!"

"아니, 그건 우리도 모르는 일인데. 수사 중이라잖아요!"

"수사는 무슨 수사! 이것들아! 우리 딸 시신 내놔!"

"시신 내놔라!"

"이 파렴치한 놈들!"

결국 흥분해서 상대방을 때려죽일 듯 다가가는 사람들.

경찰이 보다 못해서 그들의 앞을 가로막았다.

"자, 자, 자! 진정들 하세요. 수사 중이니까요. 1구가 나오기는 했지만 다른 건 없으니⋯⋯."

"1구가 있다는 건 다른 것도 있다는 소리 아냐!"

버럭버럭 화를 내는 가족들.

하지만 병원 관계자로 보이는 사람은 속이 답답한 듯 가슴을 마구 쳤다.

"지금도 옛날 같은 줄 아세요? 아닙니다. 과거 같은 시절이 아니라고요. 우리가 미쳤다고 불법으로 무덤을 팝니까?"

병원 관계자는 억울함을 호소했지만 가족들은 물러날 기세가 아니었다.

노형진은 코를 훌쩍거리면서 옆에 있던 사람에게 상황을 물었다.

"지금 무슨 일이래요?"

"나도 모르겠는데요."

"글쎄요? 저도 잘⋯⋯."

대부분의 사람들이 잘 모른다는 소리를 했다.

하지만 이런 일에는 꼭 처음부터 본 사람이 있기 마련이고, 또 그중에는 나불거리면서 수다 떨고 싶은 사람도 있기 마련이다.

"지금 시신을 내놓으라고 시위하는 거예요."

"시신? 뭔 시신?"

시신은 법적으로 병원이 빼앗아 갈 수 있는 물건이 아니다.

뭐, 병원비를 안 줘서 안 준다는 식의 일이 과거에는 있었지만 지금은 명백하게 금지되어 있어서 그 후에 다른 재산에 대해 압류를 걸지, 그 시신을 주지 않을 수는 없다.

더군다나 저 많은 사람들이 다 그 피해자일 수는 없고.

"시신이 실종되었는데 그게 여기서 발견되었다네요."

"시신? 실종?"

일단 시신에 실종이라는 말부터가 성립되지 않는다.

실종이라는 것은 생사 불명이라는 건데, 시신이라면 이미 죽은 사람이니까.

'뭐, 문법 따지러 온 거 아니니까.'

코를 훌쩍이면서 그 남자의 말에 귀를 기울이는 노형진.

주변 사람들 역시 궁금증에 그에게 몰려갔다.

"들어 보니까 무덤에서 시신들이 마구 사라졌는데 그중 하나가 여기서 발견된 모양이에요."

"그래요?"

"네. 그래서 다른 사람들이 여기에 몰려와서 난리를 치는 거예요. 시신을 내놓으라고."

"아니, 왜 여기서 시신이 나온 거죠?"

"모르죠. 가족들 말로는 실습할 시신이 부족해서 훔친 거라고 그러던데……."

"그게 말이나 되나?"

"하지만 우리나라에서 기증하는 시신은 별로 없잖아?"

"그건 그렇지."

"그러면 진짜로 훔친 건가?"

사람들이 슬슬 가족들 편으로 돌아서는 듯하자 경찰도 직원들도 당황하기 시작했다. 지금도 사람들이 많아서 죽겠는데 다른 사람들까지 저러면 곤란하기 때문이다.

더군다나 이런 식의 평판은 사회적으로도 좋지 않다.

"말이 되는 소리를 하세요, 훌쩍."

노형진은 조용히 듣고 있다가 어이가 없어서 피식하고 비웃음을 흘렸다.

"말이 안 된다니? 어디가 말이 안 돼? 시신이 부족하니까 훔치겠지."

"내 살다 살다 시신이 부족하다는 소리는 처음 들어 보네."

"당신, 뭐야!"

"병원 따까리야, 뭐야!"

갑자기 화살이 자신에게 돌아오자 약간 당황한 노형진은 일단 휴지를 꺼내서 코를 크게 풀었다.

"쿵쿵. 실례. 보다시피 감기에 걸려서 병원에 온 환자입니다. 그리고 지나가는 변호사죠."

"변호사?"

"네, 그리고 요즘은 시신이 없어서 도굴하고 그러는 시대가 아니에요."

"하지만……."

"그러니까 이상한 거죠. 한 해에 죽는 노숙자들이 얼마나 될 것 같습니까?"

"노숙자들?"

"네. 그리고 그들의 시신은 어떻게 될까요?"

서로를 바라보는 사람들.

생각해 보니 그들에 대해서는 누구도 신경 쓰지 않는다.

"물론 우리나라에 매년 시신을 기증하는 분들이 줄어드는 건 사실입니다. 유교 국가이고, 그 유교적 사관에 따르면 시신을 훼손하는 행위니까요. 하지만 그건 어디까지나 가족들이 시신을 수령할 때의 이야기입니다."

매년 수많은 노숙자들이 길에서 사망하는데, 그들은 신분증이 없어 누군지 증명할 방법도 없다.

이 문제는 노숙자뿐만이 아니다. 독거노인들의 경우는 상당수가 가족들에게 버림받아서 사망 후 가족들에게 연락해도 수령하지 않는 경우가 적지 않다.

"시신은 넘칩니다. 지금은 조선 시대가 아닙니다."

과거에는 어찌 되었건 그런 시신을 구하는 것도 쉽지 않았기 때문에 실제로 시신을 훔쳐서 해부하기도 했다.

그러나 현재는 말 그대로 도시 전설일 뿐, 진짜로 그럴 수는 없다.

"그랬다가는 정부에서 그냥 두겠습니까?"

"그러면 내 딸 시체가 나온 이유는 어떻게 설명할 건데!"

버럭버럭 화를 내는 유가족.

사람들의 시선은 일순 그에게 쏠렸다가 다시 노형진에게로 향했다.

"큥…… 전 병원 대변인이 아닌데요. 훌쩍."

"그러면서 왜 끼어들어!"

"상식적으로 생각하란 말씀입니다, 상식적으로. 왜 거기에 있는지는 모르지만, 일단은 병원에서 훔치지는 않았을 거 아닙니까?"

노형진은 그러면서 병원 관계자를 바라보았다.

그러자 그 관계자는 격렬하게 고개를 끄덕거렸다.

"진짜예요. 저희가 미쳤습니까? 저희, 대학 병원입니다. 작은 곳도 아니고, 이런 큰 곳은 실제로 기증하는 분들도 많단 말입니다."

억울함을 항변하는 직원.

하지면 어디서 들어온 건지 확인하지 못해서 미치고 팔짝 뛸 일이었다.

"거봐! 거짓말하는 거라니까!"

흥분하는 가족들을 보면서 노형진은 눈을 찌푸렸다.

'저 사람들이 마냥 잘못하는 것은 아니기는 하지만.'

자신이라도 가족의 시신이 그런 식으로 사라진다면 흥분

하지 않을 수가 없을 것이다. 그러니 이해는 할 수 있다.

하지만 마냥 여기서 이러고 있을 수는 없다. 일단 이유를 알아야 해결하니까.

'그리고 보아하니 1~2구도 아닌 것 같고.'

백 명에 가까운 사람들이 병원에 몰려왔다. 한 가족당 다섯 명이라고 해도 무려 20구의 시신이 사라진 셈이다.

"난 관련된 자가 아니라서 잘 모르겠지만 보통 시신을 가지고 오는 사람들은 119잖습니까? 그러니까 그쪽에 확인해 보세요."

"119요?"

"네."

그 부분은 생각을 못 했는지 직원 중 한 명이 황급하게 안쪽으로 들어갔다 그리고 얼마 지나지 않아서 다급하게 뭔가를 가지고 왔다.

"찾았습니다! 어디서 온 건지 찾았어요!"

"찾았다고?"

"네! 119 기록에 따르면 도로 옆에 버려진 시신을 신고받고 가지고 왔다고 합니다. 그런데 보고서가 누락되었어요!"

얼마나 마음을 졸인 건지, 그의 얼굴에 화색이 돌 정도였다.

하긴, 뜬금없는 시신이 나타나는 것은 병원의 입장에서는 심각한 문제다. 시신 1구는 즉 사람 한 명이 죽었다는 뜻이니까.

"들으셨죠?"

"조작인지 어떻게 알아!"

"그건 119에 따지세요. 그거, 출동 기록을 비롯해서 다 표시하게 되어 있고 내부에는 카메라도 있습니다. 그러니까 당연히 해당 상황 영상도 있겠지요."

노형진의 말에 조금씩 물러나는 피해자 가족들.

"훌쩍, 여러분 마음이 어떤지는 압니다만, 이럴수록 흥분을 가라앉히셔야 합니다. 그러다가 진짜 범인을 놓치는 수가 있습니다."

"진짜 범인……."

유가족들은 잠깐 침묵을 지키더니 물러나기 시작했다.

일단 시신이 발견된 장소를 알고 나면 그 후에 다시 수사를 진행할 수 있기 때문이다.

"감사합니다. 감사합니다."

직원은 노형진에게 와서 몇 번이나 고개를 숙였다.

"감사할 건 아니고요. 뭐, 논리적인 거니까."

시신을 자기 자가용으로 가지고 오는 사람은 없으니까 당연히 어딘가에 기록이 남아 있어야 한다. 그런데 접수 담당이 실수로 기록을 누락시킨 것이다.

하지만 119에는 기록이 있어서 그 덕에 그 누명을 벗을 수 있었던 것.

"저기, 아까 변호사라고 하시는 걸 들었는데, 저희 좀 도와주십시오."

"네? 하지만 해결된 거 아닌가요?"

"해결된 게 아닙니다. 저희가 의심받고 있는 게 이것만은 아니라서요."

"훌쩍, 그건 정식으로 접수해 주셔야……."

"제발요. 지금 다급해서 그럽니다."

노형진은 훌쩍거리면서 그들과 피해자 가족들을 바라보았다.

피해자 가족들의 얼굴도 푸르죽죽하니, 시신 찾으려다가 자기들이 먼저 죽을 판국이었다.

"뭐, 일단은 들어 보죠. 하지만…… 훌쩍, 진료부터 좀 받고 싶은데요? 감기로 죽지는 않겠지만요. 훌쩍."

⚖️

'초고속이네.'

'당연히 그래야지요.'라고 하는 순간 바로 진료를 받을 수 있었다.

다른 사람들에 대한 새치기임이 분명하지만, 노형진은 그냥 슬쩍 넘어갔다. 아무래도 그만큼 병원이 다급한 모양이니까.

"시신을 도둑맞았다고요? 훌쩍."

"네, 벌써 18구째입니다. 돌겠어요."

"허."

노형진이 이야기를 들어 보니 기가 차서 말이 안 나올 정도였다.

지난 6개월간 이 병원에서 사망한 환자 중 무려 18구에 달하는 시신이 도난당했다.

물론 병원에서 사라진 건 아니다.

그러나 매장지에서 사라졌으며 그들의 공통점은 이 병원에서 장례를 치렀다는 것, 젊은 여자라는 것 정도가 다다.

'그래서 가족들이 그렇게 흥분한 거군.'

사실 생각해 보면 시신 1구가 여기서 발견되었다고 그렇게 흥분할 이유는 없다. 그런데 관련된 사건이 여러 건이니 그렇게 흥분한 것이리라.

"저희 쪽에서는 돌아 버리겠다니까요."

안에서 사라진 거면 추적이라도 해 보겠는데, 멀쩡하게 장례 치르고 매장까지 한 후에 시신이 사라진다는 것은 말도 안 되는 소리이기 때문이다.

"훌쩍, 죄송합니다. 감기가……."

노형진은 또다시 코를 풀면서 머리를 절레절레 흔들었다.

'젠장, 한겨울 다 지났는데 감기라니.'

슬슬 더워지는 판국에 걸린 감기라서 더 억울했다.

"그러면 신고해 보시죠."

"경찰에 신고야 당연히 했죠. 그런데 아시지 않습니까, 경찰의 입장에서는 우선순위가 밀리는 거?"

"음……."

시체의 실종은 일반적인 사건보다 훨씬 순위에서 밀린다. 당장 피해자가 생기는 것도 아니기 때문이다.

"더군다나 전국에서 피해자가 발생한 건이라……."

"아……."

장례를 여기서 치렀다고 해도 고향이나 장지는 대부분 다른 곳일 수밖에 없다. 그러니 필연적으로 사건이 전국으로 분산되어 제대로 진행되지 않는 경향이 있다.

'남이 수사하겠거니 하는 거지.'

사건을 추적하다 보면 관외로도 나가고 그래야 하는데 그러기 귀찮으니까. 딱 자기 관내에서만 수사하고 그 이상으로 나가지 않으려고 하는 것이다.

물론 그럴 때를 대비해서 전국 수사방을 가진 광역수사대가 있기는 하지만.

"이런 사건은 광역수사대에서 순위가 많이 밀리죠."

"네."

"특이한 사건이네요."

뜬금없이 모조리 시신이 사라지는 사건, 그것도 20대 초반에서 30대 초반의 젊은 여성의 시신만 사라진다니.

"특이하다 못해서 어이가 없습니다, 지금."

"흠……."

그 나이대의 여성이 사망하는 경우는 아주 드문 일이다.

대부분 사고로 사망하는데, 당연히 사고인 만큼 언제 시신이 나올지 모른다.

'그러니 의심을 받았구먼.'

여기서 장례를 치르면 시신이 사라지니 당연히 이 병원이 의심을 받을 수밖에.

"조사 결과 나온 건 없고요?"

"네. 사실 진짜 내부에 누가 있어도 방법이 없구요."

"하긴."

경찰이 의심한 건 간단하다. 누군가 젊은 여성의 사망 사고가 발생한 것을 외부에 알린다는 것.

문제는 그걸 그냥 전화나 문자로 딸랑 알려 버리면 추적할 수가 없다는 거다.

장례식장에서 일하는 사람이 한두 명도 아니고, 장례식장에 출입하는 사람 역시 한두 명도 아니다.

매일 수천수만 단위로 사람들이 들락거리는 곳이 장례식장인데 그중 범인이 누구인지 알 수 있을 리가 없다.

당장 일반인으로 가장하여 들어와서 사망자의 정보를 보고 연락하는 것도 불가능한 것은 아니니까.

"그런데 왜 저한테 맡기시는 건가요? 경찰도 못하는 걸 변호사가 해결할 수 있지는 않을 것 같은데."

"사실은, 아까 보니까 통찰력이 대단하시더군요. 그래서 혹시나 조언을 받을 수 있을까 했습니다. 그런데 상당히 유명한 분이시라……."

'아아아…….'

노형진은 이 병원에 환자로 등록되어 있다. 그러니 그의 이름 정도는 알 수 있었을 테고, 그 정도면 충분히 변호사라는 직업 내에서 이름을 찾을 수 있다.

"새론에서 일하시더군요. 새론은 지금까지 누구도 불가능하다고 생각했던 사건들을 많이 해결했잖습니까?"

"그건 어디까지나 법적인 부분에서지……."

이건 아예 수사를 해 달라는 소리가 아닌가?

그건 자신들이라고 해도 해당 사항이 없다. 변론이야 할 수 있겠지만 말이다.

"수사가 아니라 조사죠."

"음…… 애매하군요."

"억울한 누명을 벗기 위해 조사도 많이 하지 않습니까?"

"그거야 그렇습니다만."

하긴, 병원의 입장에서는 이 사건이 제대로 정리되지 않으면 계속 구설수에 오를 수밖에 없다. 사람의 생명을 담보하는 곳인 병원이 이런 식의 구설수에 휘말리면 절대 좋을 수는 없고.

더군다나 사람들은 잘 모르지만 병원의 주요 수입원 중 하나가 바로 장례식장이다.

한번 장례를 치를 때마다 대부분 1천만 원을 넘게 쓰게 되어 있는데, 일반적으로 사흘간 장례식을 치르는 걸 생각하면 병원의 입장에서는 적지 않은 돈이 들어오는 셈이다.

'쩝.'

노형진은 그들의 속셈을 알고는 약간은 입맛이 썼다.

'하긴…… 여기 장례식장이 20호실까지 있지.'

자신도 이곳 장례식장에 온 적이 있다.

20호실이라고 하면, 반만 찬다고 해도 매주 2억 이상이 들어오는 셈이다. 그것도 현금으로 말이다.

병원비 대부분이 카드로 납부되고 또 의료보험 처리 때문에 탈세할 수 없는 것과 달리, 장례식장의 비용은 대부분 부의금이기에 현금으로 계산한다. 그러니 탈세도 가능하다.

'하지만 장례를 지내면 시신이 사라진다는 소문이 있는 곳에 누가 올 리 없지.'

즉, 손해가 커지자 차라리 변호사 비용을 어느 정도 지불하더라도 사건을 무마시키고 싶은 것이다.

"훌쩍."

노형진은 고개를 돌려서 창밖을 바라보았다.

여전히 절망에 찬 시선으로 병원을 바라보고 있는 사람들.

일부는 119에 확인하러 간 모양인지 숫자가 많이 줄었다.

그들이 원하는 건 단 하나.

"좋습니다."

노형진은 고개를 끄덕거렸다.

"단, 비쌀 겁니다."

"각오하고 있습니다."

"그러면 계약하지요, 훌쩍."

노형진은 코를 훌쩍거리면서 씩 웃었다.

⚖️

"너무 털어 온 거 아닙니까?"

무태식은 사건을 받아 들고는 어이가 없다는 표정으로 노형진을 바라보았다.

이번에는 왠지 범죄의 냄새가 났기 때문에 노형진은 특별히 무태식에게 부탁을 했다. 물론 무태식은 당연히 승낙했고.

하지만 의뢰 내역을 보고 입을 쩍 벌릴 수밖에 없었다.

"선입금이 5억에, 사건을 해결하면 10억요? 아무리 상대방이 큰 병원이라고 해도……. 거기에다 시신을 찾게 되면 장례비 지원 및 위로금 조로 한 집당 500만 원? 이거 못해도 20억인데요?"

"뭐, 정치인한테 갈 돈을 우리가 조금 빼돌린다고 생각하시면 됩니다."

"하지만 이건 정식 법률 사건도 아니잖습니까? 우리가 흥신소도 아니고……."

정식으로 고소된 것도 변론하는 것도 아닌, 그냥 조사하고 신고만 하는 거라니.

"그게 잘못된 거라니까요. 우리의 목적이 뭡니까? 의뢰인의 최대 이득 아닙니까?"

"그거야 그렇습니다만……."

"흥신소가 따로 있는 게 비정상입니다. 사건을 담당하면 그걸 조사하는 게 변호사죠. 계속 그렇게 해 왔잖습니까?"

"으음……."

확실히 새론은 그래서 엄청나게 성장할 수 있었다.

다른 변호사들이 말장난으로 쉽게 일하려고 할 때, 스스로 현장을 뛰고 증거를 캐서 말이다.

"딱히 위법도 아니고요."

"그렇기는 한데……."

무태식은 입맛을 다시면서 다시 한 번 의뢰서를 살폈다.

수임료만 15억. 거기에 피해자들 가족에게 주는 돈까지 생각하면 20억은 생각해야 하는 의뢰다.

"그걸 그렇게 쉽게 주겠대요?"

"그러겠다고 하더군요. 지난 몇 달간 못해도 100억 이상 손해 본 모양입니다."

"100억요!"

입을 쩍 벌리는 무태식.

"무 변호사님은 장례 안 치러 보셨지요?"

"네? 아, 네……."

"저는 좀 압니다만…… 일단 장례식장은 순수익이 60%쯤이라고 보시면 됩니다."

"헐."

절반만 생각해도 매주 2억이다.

그런데 노형진의 경험상 이렇게 크고 유명한 병원은 거의 풀로 장례가 찬다.

그럴 수밖에 없는 게, 일단 장례식장에 오는 손님들이 찾기 쉬워야 하고 또 주차장이 넓어야 하기 때문이다. 그런 곳에 딱 맞는 공간이 종합병원이다.

"소문이 안 좋게 나서 장례식장이 많이 비었더군요. 그러니 얼마나 애가 타겠습니까?"

"그런가요?"

"네. 그래서 제가 좀 무리해서 부른 겁니다. 그쪽 입장에서는 켕기는 게 많은 걸 뻔히 아니까요."

"음……"

장례식에 들어가는 음식은 뻔하다. 하지만 그 가격은 어마어마하다.

한 번에 최소 수십 인분이 들어가고 수백 단위로 팔려 나간다.

음식이 뻔하니 다양하게 준비할 필요가 없어서 인원도 많이 필요 없고, 공정은 단순하며, 원가를 쉽게 낮출 수 있다.

'사실 60%도 넘을걸.'

거기에다 장례식장은 혐오 시설로 분류돼서 경쟁자도 별로 없으니 이 정도 규모의 장례식장 사업이라면 땅 짚고 헤엄치기였을 것이다.

"뭐, 다 좋은데 전에 말씀하신 게 의뢰인을 위해서라고 하셨잖아요? 그런데 이건 아무리 봐도 의뢰인을 위한 가격이 아닌데요."

새론에만 15억이라니. 거기에다 조사만이라니.

"사실은 전 이번 사건의 의뢰인을 그쪽이라고 생각하지 않습니다."

"네?"

"전 그쪽보다는 피해자 가족들을 생각해서 받아들인 겁니다. 보아하니 계속 이런 일이 있었던 것 같은데, 그러면 얼마나 많은 피해자들이 있을까요?"

"아……"

더군다나 무덤이라는 공간은 매일 관리하는 곳이 아니다.

그러니 아직 모르고 있거나 슬그머니 무덤을 다시 덮어 뒀다면 모를 수도 있다.

'아니, 후자는 그나마 없으려나?'

한국의 특성상 무덤에 잔디를 씌우고 관리하니 다시 덮어서 잔디까지 씌우려면 엄청난 중노동이 된다. 그러니 그건 안 했을 수도 있다.

"그래서 왕창 뜯어낸 겁니다. 괘씸하잖아요."

"쩝……."

노형진의 말에 무태식은 고개를 끄덕거렸다.

"뭐, 사정은 알겠는데……."

조용히 서류를 살피던 손채림은 이해가 안 간다는 듯 고개를 절레절레 흔들었다.

"아니, 도대체 왜 시신을 훔치는 거야? 대학에서 해부라도 하려는 건가?"

"아니라니까. 피해자 가족도 그 생각을 한 모양이지만, 현대에는 그럴 일이 없어."

"하지만 대부분의 노숙자는 남자잖아. 여자들의 시신을 구하는 건……."

쉬운 게 아니다. 그건 인정한다.

"그런데 한국에서 죽은 외국인도 많아."

"무슨 소리야?"

"잔인한 말이지만, 한국에서 불법체류자가 죽으면 그 시신을 찾아갈 가족이 얼마나 될 것 같아?"

"아……."

돈을 벌러 왔다가 불의의 사고로 죽는 사람이 적지 않다.

엄밀하게 말하면 시신을 돌려보내 주는 것이 정상이지만, 그 과정에 드는 돈은 어마어마하다.

"남자도 아니고 여자가 한국까지 와서 돈 벌 정도면 그다지 좋은 상황은 아닐 거야. 그 상황에서 1천만 원씩 주고 시신을 찾아가겠어?"

"……."

"현실은 언제나 가혹하지."

결국 그 여자들의 시신은 고국으로도 돌아가지 못한다.

해부가 끝나면 화장되어 누구도 모르는 집단 묘지에 무명인이라는 팻말 하나 박힌 채로 묻혀 버리는 것이다.

그나마 가족들에게 그 화장한 재라도 돌려주는 곳은 상당히 양심적인 것이고.

"사장들은 책임 안 져?"

"그러겠냐?"

"쩝……."

일단 사고로 죽으면 관련된 증거부터 없애려고 할 것이다. 대부분이 불법체류니까.

"현실은 진짜 언제 들어도 시궁창이네요."

무태식의 입에서는 한숨이 푹푹 나왔다.

"원래 변호사들이 차가워지는 데에는 다 이유가 있는 겁니다. 제가 왜 의무적으로 상담 치료를 받으라고 하는 건데요."

"솔직히 그때는 몰랐는데 지금은 알 것 같습니다."

멀쩡한 변호사들과 직원들에게 주기적으로 상담을 받으라는 말이 나왔을 때 대부분은 왜 그런 쓸데없는 짓을 하나 했다.

하지만 그건 노형진이 어떻게 될지 알았기 때문에 그런 것이다.

이것이 법이다

"변호사 사무실에서 일한다는 게 결코 좋은 건 아니죠."

매일 보는 게 피해자, 아니면 가해자다.

문제는 가해자는 대부분 뻔뻔하고 죄를 뉘우치지 않는 데에 반해 피해자는 억울함 때문에 눈물을 달고 산다는 것이다.

그런데 그걸 매일같이 보다 보면 대부분의 사람들은 회의감을 느낀다.

특히나 선한 사람일수록 더 그런 면이 강해지는데, 피해자가 우선인 새론은 그나마 덜한 편이지만 그냥 돈 때문에 가해자를 우선하는 곳들은 직원들의 정신적 황폐함이 이루 말할 수 없을 정도가 되어 버린다.

"그래서 변호사들 중에 그렇게 미친놈이 많은 겁니다."

"미친놈이라……."

처음에는 좋게 시작했다가 자신이 가해자를, 그리고 범죄자를 지킨다는 사실에 자괴감을 느끼고는 피해자들에 대해 마음의 문을 닫아 버린다.

그래서 나중에는 피해자들의 상황 같은 건 이해하지 못하고 오로지 가해자를 위해 윽박지르고 거짓말하며 협잡을 한다.

'그리고 정치로 가려고 하지.'

노형진은 그 과정을 숱하게 봤기 때문에 애초부터 상담을 못 박아 버린 것이다.

"미국에는 이런 우스갯소리가 있지요. 천국과 지옥이 법정에서 다투면 승리하는 것은 지옥이라고. 왜냐하면 변호사들이 다 거기 있으니까."

"허허허, 틀린 말은 아니네요."

무태식은 고개를 끄덕거렸다.

아마도 미리미리 상담을 받지 않았다면 진즉에 그들처럼 변했을지도 모른다.

"그러니 이번 사건은 좋게 생각해요, 나쁜 놈들한테 돈 빼앗아서 착한 사람들을 지키는 거라고."

"음……."

노형진의 말을 듣고 나니 터무니없는 가격이 이해가 갔다.

"너무 싼데."

도리어 싸다고 툴툴거리는 손채림.

"나도 그렇게 생각하지만 그래도 상식이라는 게 있잖아."

피식 웃으면서 말한 노형진은 화제를 전환시켰다.

"자, 이제 사건에 집중하자고."

"하아…… 그래야 하긴 하는데 말이죠."

무태식은 서류를 보면서 머리를 절레절레 흔들었다.

"도무지 이해가 안 갑니다. 도대체 왜 시신을 훔친 걸까요? 그것도 장례식까지 다 끝난 걸. 장기 밀매일까요?"

과거의 기억이 떠오른 건지 혹시나 하는 마음에 말을 하는 무태식.

하지만 노형진은 고개를 흔들었다.

"그렇다면 시신 절도가 여성에게만 몰릴 이유가 없지요.

그리고 사망한 지 이렇게 오래된 시신은 장기 밀매용으로도 못 씁니다. 사후 장기 서약을 왜 받는데요."

장기 서약을 한 사람이 병원에 오게 되면 그 사람은 사망 판정을 받는 즉시 장기를 떼어 내는 수술에 들어간다. 그러지 않으면 이식한다고 해도 장기가 제 기능을 하지 못하기 때문이다.

그래서 장기 서약을 한 사람의 신분증에는 그걸 표시하는 마크가 붙어 있는 스티커 등이 붙어 있다. 사고로 사망할 시 바로 병원으로 후송하기 위해서다.

"그런가요?"

"네. 이번 사건은 장기 밀매와는 관련이 없다고 봐도 무방할 겁니다."

"끄응……."

물론 아직까지 장기 밀매 조직은 존재한다. 수차례 박멸하기는 했지만 그건 어디까지나 중국계 조직인 거지, 국내 조직은 아니니까.

"그러면 도무지 이해를 못 하겠는데요."

무태식은 머리를 북북 긁으면서 말했다.

도대체 왜 여성의 시신을 훔쳐 가는 것일까?

"그건 나도 모르겠습니다. 그렇다면 방법은 하나뿐이죠."

"하나뿐?"

"일단은 우리가 가지고 있는 것에서부터 시작해야지요."

"우리가 뭘 가지고 있는데요?"

"시신요."

어쩌면 그녀가 자신들을 범인에게로 인도할지도 모른다는 생각이 노형진에게 문득 들었다.

⚖️

"멀쩡해 보이는군요."

노형진은 시신을 보고는 말했다.

죽은 지 벌써 상당한 기간이 지났음에도 시신은 아직 멀쩡했다.

"그럴 수밖에 없지요. 대부분 냉동실에 있었으니까."

장례 기간에는 냉동실에 보관된다. 그리고 그 후 매장을 했는데 며칠 뒤 도굴당한 것이다. 그 후에 길옆에서 발견된 거고.

"시신에 특이 사항은 없었습니까?"

"특이 사항요?"

"네."

"없다면 거짓말인 거죠."

"없다면 거짓말이라뇨?"

"네. 화장했던데요."

"네? 화장요?"

노형진은 순간 말을 이해 못 하고 시신을 바라보았다.

화장이라고 하면 말 그대로 장례의 한 방법이다. 시신을 불에 태우는 것.

그런데 그 화장을 했다면, 지금 눈앞에 있는 이 시신은 도대체 뭐란 말인가?

'시신을 화장했는데 진짜 시신이 나타났다는 건가? 그건 불가능할 텐데?'

어리둥절한 노형진의 얼굴에 의사는 아차 하는 얼굴로 다시 설명해 줬다.

"그 화장火葬 말고요. 여자들이 하는 화장化粧말입니다."

"네? 그러니까, 꾸몄다고요?"

"네."

"아니, 왜요?"

"저야 모르죠, 그 상태로 왔으니까. 일단 검시를 위해 다 씻어 내기는 했지만 자료는 있습니다."

"헐."

가뜩이나 사건도 이상해 죽겠는데 시신에 화장까지 해 줬다는 말에 기가 차서 말이 안 나왔다.

옆에 있던 무태식도 어이가 없는 건 마찬가지.

"이번 범인은 정신이상 같은데요."

"글쎄요……. 정신이상 범인이 저지른 것치고는 상당히 체계적인 것 같은데……."

노형진은 도무지 이해가 가지 않는다는 표정으로 말했다.

"일단 그거 말고 다른 건 없나요? 그 당시 사진이라거나."

"사진은 찍어 놨습니다. 옷은 처음 보는 옷이었구요."

"처음 보는 옷?"

"네, 그런 옷은 처음 봐서……."

"진짜 미친놈인가?"

그러니까 이 미친놈이 여성 사망자의 무덤에서 시신을 도굴한 뒤, 그 시신을 예쁘게 화장시키고 옷을 입혀 놨다는 뜻이 된다.

"이건 뭐……."

지금까지 수많은 사건들을 해결하면서 범인의 심리를 어느 정도 읽을 수 있는 수준에 오른 노형진이었지만 도무지 감이 오지 않았다.

'살인인가? 그런 살인마가 있긴 한데……. 아니지, 그런거면 무덤을 털 리 없지. 그러면 남은 건…….'

미친놈이라는 가정하에 남은 것은 하나뿐인데…….

"저기, 혹시……."

아무래도 좋은 말은 아니니까 조심스럽게 물어보는 노형진. 그러나 의사는 고개를 흔들었다.

"시간屍姦 의심하시는 거죠?"

"네, 그렇지 않으면 이건 도무지 이해가 가지 않아서요."

"그런 흔적 없습니다."

"네? 없다고요?"

"네."

시간屍姦이란 말 그대로 시체를 간음하는 행위를 뜻한다.

제정신이 아닌 정신병자들 중 일부는 살아 있는 사람이 아니라 죽은 사람에게 성적인 매력을 느끼기도 하기 때문이다.

현 상황을 봐서는 그게 정답인 듯했다. 그래서 미친놈이 저지른 거라 생각했다.

그런데 흔적이 없다?

"그리고 그 짓거리도 시체가 굳기 전에나 가능하지, 이렇게 굳은 상태에서는 불가능해요. 그런 미친놈이 있다는 게 참 슬픈 일이지만."

의사는 단언하듯 말했다.

"화장을 시키고 옷까지 입혔다는 게 도무지……."

무태식은 고개를 절레절레 흔드는 수밖에 없었다.

'시신의 기억을 읽어야 하나?'

노형진은 그렇게 생각하면서 다시 한 번 그녀의 시신을 바라보았다.

하지만 죽은 사람의 기억을 읽는 것은 고통스러운 일이고 노형진의 입장에서는 목숨을 담보로 하는 일이다. 몇 번 시도할 때마다 죽음의 문턱까지 갔으니 말이다.

"일단은…… 알겠습니다. 해당 사진과 증거를 주시면 저희가 알아보도록 하지요."

노형진이 할 수 있는 것은 거기까지가 다였다.

"이건 진짜 미친 짓인데."

손채림은 증거로 가지고 온 사진을 보면서 어이가 없다는 듯 중얼거렸다.

"그냥 미친놈 아니야?"

"그럴 수도 있기는 한데……."

이건 상식적으로도 이해가 가지 않는 사건이다.

모든 범죄에는 목적이 있다.

물론 묻지 마 범죄도 있기는 하다. 하지만 그건 어디까지나 특수한 경우다.

그리고 묻지 마 범죄는 기본적으로 분노와 정신이상을 바탕으로 한다. 그래서 공격적이고 또 기습적이다.

'하지만 이번 사건은 전혀 그렇지 않단 말이지.'

물론 행동 자체는 정신이상 같아 보이지만, 진짜 정신이상이라면 이런 식으로 체계적인 행동을 보이지 않는다.

더군다나 정신이상자가 몇 달간 전국을 돌아다니면서 수백 개가 넘는 무덤을 파낸다? 그건 불가능하다.

결국 집단이 저지른 일이라는 건데.

"혹시 시간을 즐기는 변태 집단 같은 게 있는 거 아닐까요?"

무태식의 말에 노형진은 고개를 절레절레 흔들었다.

"그건 무리인 것 같은데요."

"왜죠?"

"일단 시간의 흔적이 없습니다. 더군다나 그런 미친놈들이 쉽게 모일 수 있는 것도 아니고."

"음……."

시간은 제정신이라면 입에도 안 올릴 단어다.

그런 성향이 있는 놈들이라 해도 그런 걸 드러내지는 못할 테니 뭉칠 일도 없다.

애초에 시체와 함께 있는 있다는 것 자체가 비정상인 상황이니 그런 성향이 있는지도 알 수가 없다.

"와, 미치겠네, 진짜. 완전히 돌아 버린 녀석 아냐?"

머리를 부여잡고 끙끙거리는 세 사람.

그들의 고민은 점심시간이 다가올 때까지도 끝날 기미가 보이지 않았다. 그런데 생각지도 못한 상황에서 해결책이 나왔다.

"배달요."

나가지 못할 정도로 바쁘기 때문에 간단하게 중국집에서 자장면을 시켰는데 그게 배달된 것이다.

"저 안쪽이에요."

직원의 안내를 받은 배달원은 능숙하게 자장면과 짬뽕을 꺼내다가 사진을 흘깃 봤다.

그다지 비밀도 아니었으니 딱히 치우지도 않았던 것이다.

"장례식 사진은 왜 보고 계신 거예요?"

무심하게 말하는 배달원.

자주 오다 보니 이런저런 농담도 지나가면서 툭툭 하는 사이였기 때문에 그는 무심하게 말한 거였다. 그런데 노형진은 그게 이해가 안 갔다.

"장례식 사진이라니요?"

"그거 장례식 사진 아니에요? 그런데 왜 그거 사진은 찍어 두신 거예요? 거참, 성격 특이하네."

"잠깐만. 지금 장례식이라고 하셨지요? 어떻게 안 겁니까?"

"네?"

노형진이 놀라서 되묻자 도리어 당황하는 배달원.

"이거 시신인 건 알겠는데, 장례식이라니요?"

"어, 그거야 딱 봐도 시신이고……."

"하지만 장례식이 아니라 발견된 시신인데?"

"네? 그런데 장례복은 왜 입혀 놨어요?"

"장례복?"

"네. 그거 중국식 장례복이잖아요."

세 사람은 뒤통수를 맞은 듯한 느낌이 되었다. 특이한 옷이라고만 생각했지, 중국식 장례복이라는 건 누구도 몰랐기 때문이다.

"맛있게 드세……. 으아아, 깜짝이야!"

나가려고 하는데 덥석 잡는 바람에 배달원은 깜짝 놀랐다.

만일 안에 뭐가 들어 있었다면 하마터면 뒤집을 뻔했다.

"어떻게 안 거예요?"

"뭐를요?"

"이게 중국식 장례복이라는 거."

"네?"

그는 한국 사람이다. 그러니 이런 걸 접해 봤을 까닭이 없다. 자신들도 접해 보지 못했기 때문에 몰랐다.

그런데 그걸 안다면……?

"아, 그거요? 저희 사모님이 돌아가셨을 때 봤죠."

"사모님?"

"네. 저희 주방장이 중국인이거든요."

"그래요?"

"네."

중국요리점이라고 하지만 실제로 진짜 중국집에서 나오는 요리들은 중국요리를 한국에 맞게 개량한 것이다. 그래서 대부분은 주방장도 한국인인 경우가 많지만, 오리지널을 추구하는 몇몇 집들은 전통 중국요리사를 쓰기도 한다.

그리고 이 집도 그런 집 중 하나였다.

자장면이나 짬뽕은 한국화된 거니 그럴 수 있지만 다른 건 기본적으로 중국식 스타일을 고수하는 집인 건 알고 있었다.

"그분 와이프가 2년 전에 돌아가셨거든요. 그때 장례식장에서 봤어요."

"장례식장?"

"네. 그 옷, 장례식장에서 입히는 중국식 수의예요."

노형진은 벌떡 일어났다.

드디어 길이 나타난 것이다. 그리고 그걸 아는 사람이 있다면 당연히 가서 물어봐야 한다.

"가자!"

노형진이 가려고 하자 손채림은 황급하게 그를 잡았다.

"잠깐!"

"응?"

"어차피 지금은 가도 못 만날 것 같은데?"

"아……."

가장 바쁜 시간인 점심시간이다. 그러니 자신들에게 시간을 내줄 리 없다.

"어차피 붙어. 먹어, 먹어."

손채림은 남은 자장면을 노형진에게 내밀었고, 무태식은 자신의 짬뽕을 이미 뜯고 있었다.

"뭐, 어쩔 수 없지."

노형진은 머쓱한 얼굴로 자리에 앉을 수밖에 없었다.

⚖

"이런 사건이 중국에서도 있었습니까?"

노형진은 업무가 끝난 후 해당 중국집으로 가서 중국 주방장에게 물어봤다.

물론 중국이 관련되어 있다는 점에서 다른 쪽으로 조사해도 되지만 일단 가장 가까이에 있는 사람에게 물어보고자 한 것이다.

"시신 도둑이라고요? 그것도 젊은 여자만 훔치는?"

"네."

"허, 참……."

그는 왠지 어이가 없다는 듯 혀를 끌끌 차더니 담배를 꺼내어 입에 물었다. 그리고 불을 붙이고는 한번 깊이 빨았다.

"알 것 같네요."

다들 침을 꿀꺽 삼켰다.

큰 비밀이 나타날 거라 생각했기 때문이다. 가령 시체를 대상으로 한 무슨 비밀 실험이라든가 그런 거 말이다.

그런데 그다음에 들린 말은 세 사람을 당황케 만들었다.

"영혼결혼식이에요."

"영혼결혼식?"

"네. 중국에서는 명혼이라고 하지요."

"그게 무슨 말입니까? 영혼결혼식이라니?"

그거랑 시신이랑 무슨 관련이 있단 말인가?

"아…… 중국에서는 남자가 결혼하지 못하고 죽으면 악귀가 되어서 집안에 해를 끼친다는 믿음이 있지요. 요즘은 많이 사라졌지만, 여전히 그런 믿음을 가진 사람이 제법 남아 있어요."

"그래요?"

"네. 그래서 젊은 남자가 죽으면 영혼결혼식을 맺어 주는 경우가 많습니다."

그는 그렇게 말하면서 계속 담배를 빨았다.

"하지만 영혼결혼식이라고 하면 한국에서도 하잖아요?"

"한국도 그런 풍습이 있나요?"

"네. 연인이 사고로 죽거나 하면……."

"아, 그러면 우리랑 좀 다르네요."

한국은 결혼을 약속한 연인이 사고로 함께 죽거나 다른 이유로 결혼하지 못한 채로 죽으면 부모들이 합의하여 영혼결혼식을 치러 주기도 한다. 저승에서나마 행복을 기원하는 의미에서 말이다.

"중국은 그런 로맨틱한 게 아닙니다. 말 그대로 그냥 남자 위주예요. 남자가 죽었으면 상대는 상관없어요."

그는 그렇게 말하면서 담배를 비벼 끄고는 사진을 들어서 바라보았다. 그리고 다시 테이블 위에 내려놨다.

"그리고 한국은 모르겠는데, 중국은 영혼결혼식을 할 때 시신이 필요합니다."

"시신이 필요하다?"

"정확하게는 여자의 시신이 필요하죠."

노형진은 뒤통수를 쇠망치로 맞은 것 같은 느낌이었다.

자신들은 모르던 중국의 문화. 그게 설마 사건의 주범일 줄이야.

"그래서 중국에서는 젊은 여자 시체 거래가 상당한 편입니다. 당연히 미모가 뛰어날수록 더 비싸지죠. 병원에서 젊은 여자가 사경을 헤맨다고 하면 그 시신을 사기 위해 사람들이 몰려듭니다. 그 사람은 정작 아직 치료 중인데 말이지요."

"헐."

"보통 가격은 최하 4천만 원입니다. 그리고 판매한 집안과 사건 집안은 공식적으로 사돈이 되지요."

"그게 무슨 말도 안 되는 소리예요?"

무태식은 이해가 가지 않는다는 표정으로 물었다.

아니, 죽은 남자를 장가보내려고 여자 시체를 거래한다고?

"문화라는 게 쉽게 바뀌는 게 아니잖습니까. 나도 한국에서 산 지 10년이지만 솔직히 아직도 한국 문화를 이해 못 하겠는데 당신들이 중국 문화를 이해하리라고는 기대도 안 합니다."

"으음……."

틀린 말은 아니다.

가령 외국에서는 나이가 많다는 이유로 상대방을 극진히 대접하는 것을 이해하지 못한다. 나이가 많더라도 이쪽이 성인이면 동일한 관계인 것이다.

한국처럼 나이를 무슨 무기 삼아 휘두를 수 있는 구조가
아니다.

"하여간 그 영혼결혼식을 하기 위해서는 시신이 필요합니
다. 한국 여자들은 예쁘죠. 이 정도면 족히 5천 이상은 받을
수 있을 겁니다."

"헐……."

기가 막혀서 말이 안 나오는 세 사람.

그러나 그다음 말에 세 사람의 얼굴은 딱딱해지기 시작했다.

"이 사건은 가능하면 빨리 해결하는 게 좋을 겝니다."

"그럴 생각입니다만."

"아니요. 잘 해결되라고 하는 말이 아니라, 빨리 범인을
잡아야 할 거라고요."

살짝 눈을 찡그리면서 말하는 그의 모습에 노형진은 뭔가
있다는 사실을 알았다.

"아니, 왜요?"

"젊은 여자들의 시체를 구하는 건 어려운 일입니다. 부모
들이 미치지 않고서야 자기 딸 시체를 팔겠습니까?"

"그건 그렇지요."

중국도 한국처럼 유교 국가다. 아니, 유교 국가 여부를 떠
나서 제대로 된 부모라면 죽은 딸의 시신을 팔 사람은 없다.

"그러면 그 시신은 어디서 구하겠습니까?"

"도굴이군요."

그러면 지금까지 벌어진 모든 일이 다 맞아떨어진다.

여자만 노린 것도 그렇고, 나이대도 그렇고, 시신의 상태도 그렇고…….

"처음에는 그렇지요."

"처음에는?"

"시체가 없으면 어쩌겠습니까? 시체를 만들어야지. 그리고 시신은 신선할수록 가격이 높아집니다."

세 사람은 등골이 오싹해졌다.

제물

"실제로 그렇답니다."

범죄자들의 목적을 아는 것은 사건을 해결하는 데 가장 핵심적인 요소 중 하나다. 그리고 상대방의 목적을 알았으니 찾아가는 길도 찾을 수 있었다.

문제는 '범인'이 아니라 '범인들'이라는 것.

"조직범죄라 이거군요."

"네. 중국에서도 이 문제로 상당히 골치가 아픈 모양이네요."

중국의 사건에 대해 조사하기 시작하자 관련 뉴스가 산더미처럼 나왔다. 그리고 그 요리사의 말대로 그들은 시신을 훔치는 정도가 아니라 시신을 만드는 것도 서슴지 않는다는 것을 알아차렸다.

"끄응······."

하긴, 4천이면 적지 않은 돈이다.

중국에서 노동자가 한 달에 100만 원도 못 받으니 몇 년치 월급인 셈이다.

"실제로도 그런 범인들이 잡혔고요."

"아무래도 그게 제일 확실하죠."

화장이 대세가 되고 나서 시신을 구하는 것도 힘들어졌을 것이다.

거기에다 1인 1자녀 정책에 남성을 우선시하는 중국 문화의 특성상, 인구의 성비는 터무니없이 차이가 난다. 그러니 여자는 더욱 부족하다.

하물며 결혼을 해야 하는 남자들의 비율은 더 그런데, 거기에 죽어야 한다는 조건까지 달리면 어떻겠는가? 결국 터무니없는 가격이 불리는 셈이다.

"시신을 구하지 못하자 결국은 살인 쪽으로 눈을 돌린다라······. 틀린 말은 아니죠. 그쪽이 한결 쉬우니까."

시신을 구하는 건 쉬운 게 아니다.

일단 나이에 맞는 여성이 어디서 죽었는지 알아야 하고 또 장례가 끝나기 무섭게 시신을 훔쳐야 한다. 부패하기 전에 말이다.

"하지만 살아 있는 여자는 아니죠."

장기 밀매처럼 혈액형이니 뭐니 따질 필요 없이, 그냥 푹

하고 죽이면 그만인 것이다.

그러니 그들은 힘들게 시신을 구하기보다는 그냥 사람을 죽이는 걸 선택했던 것.

"무섭다, 진짜."

손채림은 사건 기록을 보면서 고개를 흔들었다.

이렇게 터무니없는 상황은 처음 들어 봤으니까.

"아니, 로마에 가면 로마법을 따르라는 말도 모르나?"

"그랬으면 중국이 아니지."

중국과 이슬람의 공통점은, 다른 나라에 가서 그 나라 풍습에 따르는 게 아니라 해당 지역을 자기 나라처럼 바꾸려고 한다는 것이다.

반쯤 농담처럼 중국과 이슬람 세계는 이민을 통해 세계 정복을 한다는 말이 있을 정도로, 그들은 전 세계로 퍼져 나가며 또 자기들만의 문화를 만들어 낸다.

"그나저나 이런 식이면 범인을 어떻게 추적하지? 범인이 어디 있는지도 모르는데. 언제 사람이 죽을 줄 알고 거기를 지켜?"

방법이 보이지 않는 건지 한숨을 쉬는 손채림.

하지만 노형진은 이미 방법을 찾은 후였다.

"난 알 것 같은데."

"응?"

"우리 피해자가 알려 줬지."

"피해자가 알려 줬다고?"

"그래. 생각해 봐. 그 시신이 중국식 수의를 입고 있는 이유가 뭐겠어?"

"장례를 치렀다는 뜻이겠지."

"그래."

영혼결혼식을 하고 합장까지 끝났다는 뜻이다. 그리고 노형진은 그 부분에서 확실한 증거를 찾을 수 있었다.

"그런데 왜 그 시신이 바깥에 나왔을까?"

"응?"

그러고 보니 이상한 일이다.

장례가 끝난 시신이면 합장되었을 테고, 그 후에는 거기에 있어야 정상이다. 그런데 그 시신은 바닥을 나뒹구는 채 발견되었고 그로 인해 유가족들이 발끈하는 일이 벌어졌다.

"그러고 보니 왜 그랬을까?"

"그건 바로 이거지."

노형진은 뉴스를 돌려서 손채림에게 보여 줬다.

중국에서 벌어진 사건에 대한 뉴스인데, 토픽 형태로 간략하게 나온 것이었다.

"판매한 시신을 다시 팔다? 이런 뜻인가?"

중국어를 아는 게 아니니 인터넷 번역기를 통해 보는 거라 뭔 뜻인지 확실하게 알 수 없는 상황.

"아마도 판매했던 시신을 다시 훔쳐서 재판매한 게 아닐까

하는 생각이 드네요."

무태식의 말에 그 문장을 몇 번이나 살피던 손채림은 고개를 끄덕거릴 수밖에 없었다.

약간 어색한 번역이기는 하지만 그런 의미일 가능성이 아주 높았다.

"설마……."

"설마가 아니야. 제법 자주 있는 일은 모양이야."

시신을 구하기는 힘들고 고객은 많다. 그러니 범죄자들은 이미 파묻었던 시신을 꺼내서 재판매하는 것이다.

"미친……."

터무니없는 상황에 질려 버렸다는 표정이 되는 손채림.

"즉, 거기서 시신을 꺼냈는데 어떤 사유로 인해 그걸 가지고 가지 못했다는 뜻이야. 그렇다면 무슨 뜻이겠어? 그곳 어딘가에 시신을 파낸 무덤이 있다는 뜻이지."

무태식의 눈이 반짝이기 시작했다.

⚖️

"으아……."

시신이 발견된 건 험한 곳이었다. 차들이 잘 다니지도 않고 개발도 되지 않은 곳이다.

당연히 산에 길이 없으며, 그곳을 뒤지는 것은 엄청나게 힘든 일이었다.

"헉헉헉."

노형진은 거칠어진 호흡을 가다듬으면서 질렸다는 표정으로 무태식을 바라보았다.

"운동 좀 하세요."

"저도 나름 합니다만…… 무태식 변호사님이 이상한 거예요."

눈 하나 깜짝하지 않는 무태식을 보면서 말하던 노형진은 물통을 열고는 벌컥벌컥 물을 들이켰다.

"도대체 왜 이런 곳에다가 무덤을 만든 걸까요?"

"중국 사람이 한국에서 죽었는데 무덤 허가가 나겠습니까?"

한국에서 분묘는 허가를 받아야 설치할 수 있다. 더군다나 개인 땅에 무단으로 분묘를 설치하면 강제 철거될 수도 있다.

물론 자기가 땅을 사서 무덤을 만들 수도 있겠지만, 그러기에는 한국의 땅값은 너무 비싸다.

"결국 남은 건 이런 산이죠."

이런 곳들은 대부분 국유지이나 정부에서 관리하는 곳은 아니다. 그러니 안쪽에 무덤을 만들어 두어도 정부에서 발견할 일은 별로 없다.

"물론 재개발이 되면 모르지만, 그럴 가능성이 얼마나 되겠습니까?"

"하긴……."

재개발도 어느 정도 위치가 되어야 하는 거지, 전혀 뜬금없는 이런 곳을 재개발할 리는 없으니까.

거기에다 이 주변은 오로지 산뿐이다. 재개발을 하기 위한 평지가 존재하지 않는 지역이니 개발이 될 리 없다.

"그나저나 더럽게 넓군요."

노형진은 이 지역에서 무덤을 찾기 위해 사람을 동원했다.

무덤을 찾으면 그 주인을 찾을 수 있을 테고, 그 주인을 찾을 수 있다면 추적을 할 수 있을 것이라 생각한 것이다.

"그 주인이 과연 도와줄까요?"

"화가 나서라도 도와줄 겁니다."

"화가 나서? 아…….."

이해가 간다는 듯 고개를 끄덕거리는 무태식.

하긴, 자기들이 애써 장례식까지 치렀는데 신부만 파내서 도망갔으니 화가 안 나면 사람이 아니다.

"그나저나 이런 식이면 여자는 중혼인가? 아니면 재혼인가요……?"

"변호사 아니랄까 봐 재미없는 법적 개그 하시네요, 허허…….."

"재미없었습니까?"

"네."

그렇게 말하면서 허리를 쭉 펴는 노형진.

이제 좀 쉬었으니 더 찾아볼 시점이었다.

때마침 지지직거리면서, 들고 있던 무전기가 울리기 시작했다. 핸드폰도 제대로 안 터지는 곳이라 무전기를 가지고 와야 했다.

-노 변호사님.

"네, 노형진입니다."

-무덤을 찾았습니다.

"아, 그런가요?"

드디어 찾았다는 말에 얼굴에 화색이 돌던 노형진은 다음 말에 고개를 푹 숙였다.

족히 산 하나는 넘어가야 하는 지점이라 그곳에 가기 위해서는 산을 다시 내려가야 했기 때문이다.

⚖

"여기군요."

무덤을 확인하는 것은 어려운 일이 아니었다.

누가 봐도 만들어진 지 얼마 되지 않은 무덤이었던 것이다. 거기에다 한국식도 아니고 말이다.

한국식은 봉분을 둥그런 형태로 올리는데, 이건 그런 것이 아니었다. 결정적으로 비석이 있었다.

"여기 보세요."

무태식은 노형진을 불러서 비석을 보여 줬다.

노형진은 눈을 찡그렸다.

"맞군요. 진짜 뻔뻔하네요."

비석에는 사망자의 이름과 나란히 부인의 이름이 적혀 있었다.

그리고 그 부인은 터무니없이도 시신이 사라졌던 여자의 이름.

"일단 조사해 보세요."

"네."

무태식에게 무덤의 조사를 맡긴 노형진은 주변을 둘러보기 시작했다.

"접근하기가 쉽지 않군."

무덤은 대충 흙으로 덮여 있었다.

한국처럼 봉분을 세우는 게 아니니 범인들은 여자 시체를 훔쳐도 아무도 모를 거라 생각했던 모양이다.

띠리링.

때마침 울리는 핸드폰 소리.

다행히 아까와 다르게 이곳은 핸드폰이 터지는 모양이었다.

노형진은 그걸 받아 들었다.

"어, 채림아. 뭐 좀 알아냈어?"

손채림은 산 대신 다른 걸 알아보는 쪽을 선택했다. 왜 그들이 힘들게 꺼낸 시신을 버리고 갔는지 알아내야 했기 때문이다.

그리고 그녀는 확실하게 관련 정보를 알아냈다.

-근처 부대에서 탈영 사고가 있었어.

"탈영 사고?"

-그래, 무장탈영. 총이랑 실탄까지 들고 간 모양이야.

"그런데?"

-하여간 그래서 모든 도로에 검문소를 세우고 차를 확인한 모양이야.

"아……."

노형진은 그제야 이해가 갔다.

무장탈영의 경우 그냥 내부의 운전자 얼굴만 확인하는 게아니다. 혹시나 차량의 짐칸이나 트렁크에 숨어 있을 가능성도 존재하기 때문이다.

더군다나 총과 실탄을 가지고 있다면 더더욱 치밀하게 뒤진다. 차량 아래쪽도 확인하면서 말이다.

-그쪽으로 가는 유일한 도로에도 검문소가 설치되었던모양이야.

"역시 다른 팀이 있었던 모양이군."

-그렇겠지.

그렇지 않다면 검문소가 생긴 것을 몰랐을 것이고, 시신을가지고 가다가 발각되었을 것이다.

그런데 검문소가 설치되었다는 이야기를 들었으니 어쩔수 없이 시신을 버릴 수밖에 없었으리라.

그 근처를 수색하고 있는데 검문이 없어질 때까지 마냥 기다릴 수는 없으니.

'버린 이유는 생각보다 간단하네.'

이런 건 문제가 되지 않는다. 문제가 되는 것은 그다음이지.

"알았어. 다음 조사를 진행해 줘."

―무덤은 찾은 거야?

"그래."

간단하게 통화를 미친 노형진에게 다가온 것은 무태식이었다. 그는 수첩을 보면서 머리를 북북 긁었다.

"일단은 증거라고 해 봐야 이것뿐인데요."

수첩에는 비석에 쓰여 있던 이름이 적혀 있었다. 다른 증거는 없었다.

"비석에 적혀 있는 이름만으로 누구인지 알아내는 것은 영 무리일 것 같은데."

한국에 들어온 중국인이 한두 명도 아니다. 그들을 다 뒤질 수도 없는 노릇.

하지만 노형진의 생각은 좀 달랐다.

"아마 생각보다 찾기가 쉬울 겁니다."

"네?"

"무덤을 멀리 둘 것 같지는 않으니까요. 이 근방에 가장 가까이 있는 차이나타운이 어디죠?"

"인천입니다만."

"그럼 그쪽으로 가죠."

"가서 물어본다고 알까요?"

인천 차이나타운에 있는 중국인의 수는 수만 단위다. 그들이 이 이름을 다 알 리 없다는 게 무태식의 생각이었다.

하지만 노형진의 생각은 좀 달랐다.

"중국에서 시신을 훔쳐서 장례를 치르는 게 최하 4천 정도 한다고 했습니다. 그렇지요?"

"네."

분명히 그렇게 말했다.

"그러면 한국에서는 얼마일까요? 한국에서 하는 놈이 중국에서보다 싸게 하지는 않았을 것 같은데?"

중국의 환율은 한국보다 싸다. 그럼에도 불구하고 4천이다.

그런데 한국에 정착한 중국인들은 버는 돈도 많다. 반면에 시신을 구하는 건 더 어렵다.

"네?"

"더군다나 무덤을 중국이 아닌 여기에 만들었다는 것은 가족들이 한국에 있다는 뜻입니다. 애초에 가족들이 한국에 있어야 이런 영혼결혼식을 해 주려고 하겠지요."

"아!"

무태식은 노형진의 말에 왜 찾기 쉬운지 알아차렸다.

"생각보다 해당 건수가 적겠군요."

"네."

일단 가족과 함께 들어온 사람들이어야 한다.

거기에다가 그들은 단순히 일을 하러 온 노동자가 아니라 어느 정도 재산을 가지고 있을 것이다. 그 주방장의 말에 따르면 이런 영혼결혼식은 중국에서도 가진 자들이 해 주는 거라고 하니까.

그리고 최근에 자녀가 죽었어야 한다.

"그런 사람이 흔할 것 같지는 않군요."

노형진은 산 아래를 바라보면서 중얼거렸다.

⚖

인천에 와서 중국인을 찾기 시작한 지 얼마 되지 않아서 해당 조건에 맞는 사람을 찾을 수 있었다.

중국인이지만 적지 않은 재산을 가지고 있으며 차이나타운에 건물이 한 채 있다고 했다.

"그리고 얼마 전에 아들이 교통사고로 사망했다 이거지?"

"응."

손채림은 무덤에서 발견된 이름을 가지고 추적한 끝에 어렵지 않게 상대방을 찾을 수 있었다.

"반응은?"

"아직은 접촉하지 않았어."

"그렇단 말이지."

노형진은 그들의 건물을 바라보았다.

5층짜리 건물. 한국에 와서 이런 건물을 살 정도면 중국에서도 적지 않은 재산을 가지고 있었다는 뜻이다.

"가서 이야기를 해 볼 거야?"

"글쎄."

노형진은 잠깐 생각에 잠겼다.

'이야기를 한다면……'

사정을 이야기한다면 저들이 도와줄까?

노형진은 고개를 흔들었다.

그걸 인정한다는 것은 자기들이 범죄를 저질렀다는 것을 인정해야 한다는 뜻이다.

"그냥은 안 되겠지. 자기들은 처벌을 면하고 싶을 테니 사실을 말하지 않을 거야."

"그러면?"

노형진이 피식 웃었다.

"사람을 가장 격하게 움직이게 하는 게 뭔지 알아?"

"응? 사랑?"

"그건 영화에나 나오는 헛소리고."

"그러면?"

"분노야."

"분노?"

"그래. 어디 한번 제대로 빡치게 만들어 볼까나?"

싱글거리면서 노형진은 건물을 바라보았다.

칭웨이는 갑자기 날아온 한 장의 투서에 정신이 나간 듯한 얼굴이 되었다.

'당신의 아들의 무덤이 도굴되었습니다.'라는 한 장의 투서.

처음에는 이게 무슨 소리인가 했다. 하지만 아들이 죽은 지 얼마 되지 않은 상황이라 무시하고 넘어갈 수도 없었다.

"빨리빨리."

가족들을 데리고 아들의 무덤으로 내달린 칭웨이.

그는 산을 타고 올라가서 무덤을 향했다. 그리고 무덤이 보이는 위치에 도착했을 때, 그는 다리가 풀려 그대로 주저 앉아 버렸다.

"이…… 이럴 수가……."

주저앉은 것은 칭웨이뿐만이 아니라 다른 가족들도 마찬 가지였다.

그곳에는 죽은 아들의 무덤이 있었다. 그런데 무덤의 상태 가 정상이 아니었다.

"……."

땅은 파헤쳐져 있고 아들의 관은 일부가 부서져 있었다.

그리고 그 부서진 관 내부로 비가 흘러들어 가고 있었는 데, 내부는 텅 비어 있었다.

"으아아아!"

칭웨이의 분노에 찬 고함이 온 산에 울려 퍼졌다.

"잔인하다."

"내 알 바 아님."

"그래도 이건 고인 모독인데."

"난 양심적으로 한 거다. 저 새끼들보단 말이지."

노형진은 절망한 표정으로 집으로 온 칭웨이 가족을 보면서 차갑게 말했다.

노형진은 그들을 자극할 속셈으로 무덤을 고의로 파손했다. 땅을 파헤치고 관이 드러나게 하고, 일부를 부수기까지 한 것이다.

유교 문화권이라서 그런지 다른 사람들은 기겁했지만 노형진은 눈도 깜짝하지 않았다.

그리고 그렇게 해 놓은 후에 투서를 한 것이다.

"자기 자식 무덤이 작살났으니 화가 안 나면 사람이 아니겠지."

아니나 다를까, 칭웨이의 얼굴은 분노로 인해 부들부들 떨리고 있었고 칭웨이의 아내, 즉 사망자의 어머니는 오자마자 병원으로 실려 갔다.

"칭웨이도 중국인이야. 더군다나 훔친 시신으로 영혼결혼식까지 시킨 녀석이야. 그렇다면 그걸 다시 훔치는 사건에 대해 전혀 모를까?"

노형진은 히죽 웃었다.

노형진이 노리는 게 바로 그것이었다.

"모를 리 없지."

원래 범인들은 그걸 은폐하기 위해 다시 땅을 덮어 놨다. 시신이 잘 묻혀 있는지 확인한답시고 잘 정돈되어 있는 무덤을 다시 열지는 않을 테니까.

하지만 노형진은 그걸 부수어 버린 것이다.

"설마."

"설마가 아니야. 내가 알아보니까 개판이더만."

중국은 그런 시신의 도굴이 너무 흔해서 아주 골치라고 했다. 심지어 그런 도굴을 막기 위해 아예 콘크리트를 부어서 무덤을 만드는 경우까지 생기고 있다고 한다.

"혼자 죽은 여자의 시신뿐 아니라, 지금처럼 명혼용으로 팔린 시신까지 도굴해 간다잖아."

"하지만 시간이 지나면 다 썩는 게 시신인데……."

"가격의 문제지."

"가격?"

"그래."

무서운 이야기지만, 신선한 시신일수록 비싸고 그렇지 않은 시신일수록 싸다.

실제로 어떤 부모가 명혼을 위해 병으로 사망한 여성의 시신을 3,800만 원에 샀는데, 그 당시 주변의 반응이 '미쳤다.'가 아니라 '그렇게 싼 가격에 사서 부럽다.'였다.

여자 측의 부모는 남자 측 부모가 부자인 것을 알고 사돈을 맺기 위해 그렇게 싼 가격에 판매한 것이다.

도움을 받기 위해 말이다.

남자 측은 그 두 사람을 명혼을 해 주고는 무덤에 콘크리트를 부어서 엄중히 보호했다. 심지어 경비원까지 고용해서 항시 지켰다.

"썩어서 뼈만 남았다고 해도 돈 없는 사람들은 그걸 가지고 명혼을 하니까."

"으엑……."

잔뜩 질린 표정이 되어 버린 손채림.

"물론 우리나라의 입장에서는 내가 한 행동이 잘못된 거야. 하지만 저쪽이 먼저 시작했는데 그냥 당할 수는 없잖아?"

더군다나 이대로 두면 얼마나 많은 사람들의 무덤이 파헤쳐질지 모르는 일이다.

"잔인하더라도 할 건 해야지."

노형진은 그렇게 말하면서 건물을 바라보았다.

소식을 들은 몇몇 사람들이 서둘러서 칭웨이의 집에 들르는 것이 보였다.

늦은 밤이 되자 노형진은 자리에서 일어났다.

"자, 이제 슬슬 움직여 볼까?"

이때쯤이면 분노가 칭웨이의 머리끝까지 차 있을 것이다.

그 무덤은 일반인은 찾을 수 있는 위치가 아니다. 설사 우연히 찾는다고 해도 그걸 파 갈 미친놈은 없다.

즉, 그 위치를 정확히 알고 그 안에 있는 시신이 필요한 놈이어야 한다는 것.

"그리고 저들은 그들이 누군지 알고 있지."

노형진의 눈은 차갑게 빛나고 있었다.

⚖

"크으……."

칭웨이는 독한 술을 다시 입에 들이부었다.

그러나 정신은 갈수록 말짱해질 뿐, 도통 취하질 않았다. 분노로 인해 머리가 돌아 버릴 지경이었던 것이다.

"젠장! 젠장!"

그냥 중국에서 하듯 콘크리트로 무덤을 덮었어야 했다.

그러나 여기는 한국이니까 설마 중국처럼 시신을 훔쳐 가는 일이 벌어지지는 않을 거라 생각했다. 그래서 그냥 묻은 것이다.

그런데 진짜로 이런 일이 벌어지다니.

"실례합니다."

노형진은 그런 그에게 다가갔다.

"누구……."

그가 있는 곳이 가정집이라면 그러지 못했을 테지만, 다행히 그는 자신의 술집에 있었다.

물론 영업은 하지 않았지만 워낙 충격적인 소식이라 주변에서 계속 들락거려서 문을 열어 둔 것이다.

"노형진이라고 합니다."

"노형진?"

"변호사입니다."

"변호사가 왜?"

"명혼에 대해 조사 중입니다."

칭웨이는 눈을 확 찡그렸다.

자신이 명혼을 시켰으니 당연히 문제가 될 거라 생각한 것이다.

"아아, 고발하거나 그런 거 아닙니다. 다만 조사할 게 있어서요."

"조사라고?"

"네. 병원의 의뢰를 받아서 불법 업자들을 추적 중입니다."

"음……."

칭웨이는 침묵을 지켰다.

"얼마 전에 아드님을 명혼시켰다는 소리를 들었습니다. 그래서 혹시나, 그들에 대해 아시나 해서요."

"난 모르오."

"그래요?"

아니나 다를까, 일단은 모른다고 잡아떼는 칭웨이.

노형진은 주변을 보면서 중얼거리듯 말을 이었다.

"그나저나 무슨 일이 있나 봅니다. 분위기가 이상하군요."

"으음……."

"저도 다 알고 왔습니다."

"크흠……."

"저희는 고발할 생각이 없습니다. 다만 그 범인을 잡고 싶을 뿐이지요."

"범인을 잡는다고?"

"네. 정보를 주시면, 경찰에 신고할 생각은 없습니다."

노형진은 그를 보면서 사람 좋은 미소를 지었다.

물론 그 속은 달랐다.

'하지만 잡힌 놈들이 입을 나불거리겠지. 그건 내가 약속한 게 아니니까. 후후후.'

칭웨이의 눈빛이 흔들리기 시작했다.

자식의 무덤을 파괴하고 모욕한 놈들이다. 더군다나 자신들이 팔았던 시신을 훔쳐 가기 위해 저지른 일이었다.

'하지만…….'

자신이라고 그들과 알고 지내는 사이는 아니다. 그럴 이유도 없고 말이다.

그러니 그들이 그런 짓을 할 수 있었으리라. 다시는 볼 일이 없으니까.

'개자식들.'

그 생각을 할수록 칭웨이는 분노가 치밀어 올랐다.

그리고 그게 노형진이 노리는 바였다.

만일 그냥 시신을 훔쳐 갔다고 말하면 그는 이렇게까지 분노하지 않았을 것이다. 당연히 정보도 나오지 않을 것이고.

그러나 아들의 시신이 그렇게 비참한 꼴을 당했다는 것에 그는 분노하고 있었다.

'남의 시신에는 그래 놓고서, 참 뻔뻔해.'

노형진은 그렇게 생각하면서도 절대 가면을 벗지 않았다.

"간단하게 정보만 주시면 됩니다. 그러면 저희는 떠날 겁니다. 복수하고 싶지 않으신가요?"

"복수라……."

칭웨이의 눈은 분노로 점점 붉어지고 있었다.

"뭐라고요?"

"으음……."

노형진은 칭웨이가 말해 준 정보를 정리하면서 얼굴이 딱딱하게 굳었다.

그들은 총 네 개의 팀으로 구성되어 있는데, 개별적으로 활동한다. 그래서 앞에서 구매자를 모집하는 자들과 도굴하는 자들이 다르고 또 그걸 보관하는 자들과 배달하는 자도 다르다.

그런데 그중 구매자를 확보하는 놈들과 배달하는 놈들은 사실상 언제든 갈아 치울 수 있는 놈들이라는 것이다.

"핵심인 도굴 팀과 보관 팀은 전혀 드러나지 않는다라……."

무태식은 보고서를 보면서 한숨을 쉬었다.

그것이 사실이라면 자신들이 함정을 파서 범인을 알아내는 것이 힘들어지기 때문이다.

"구매자를 알아내는 놈들은 일종의 방패인 셈이군요."

이런 사건의 주범은 도굴 팀과 보관 팀이라고 했다. 그래서 그들은 절대로 전면에 나서지 않는다는 것.

'망했다.'

노형진은 사실 칭웨이에게 연락처를 받아서 그들과 접촉하고 그들의 기억을 읽어서 잡아들이려고 했다.

그런데 그런 식이면 자신들이 잡을 수 있는 게 아니다.

그들을 잡아들인다고 해서 진범에 속하는 도굴 팀과 보관 팀을 볼 리도 없거니와, 설사 분다고 해도 그사이에 이미 도망간 후일 가능성이 높다.

"그러면 어쩌지?"

"가장 좋은 건 함정을 파는 거지."

"함정?"

"그래. 우리가 직접 고객이 되는 거야."

손채림은 마음에 안 든다는 표정이 되었다.

그럴 수밖에 없는 게, 그 말은 자신들이 직접 시신을 사야 한다는 소리이기 때문이다.

"아, 걱정하지 마. 그건 우리가 살 건 아니야. 어차피 우리가 산다고 해도 믿지 않을 거야."

명혼은 중국의 풍습이다. 당연히 한국인이 시신을 산다고 하면 의심할 게 뻔했다.

"다행히 중국인은 돈만 준다면 뭐든 하는 사람들이니까."

적당한 돈만 준다면 자신들을 대신해서 시신을 사려고 접촉하는 사람을 구하는 것은 어려운 일이 아니다.

"그 후에는?"

"역순으로 추적해야지."

"어떻게?"

"차량에 추적 장치를 붙일 거야."

"아!"

그들이 자신들을 만나러 올 때 대중교통을 타고 올 것 같지는 않았다. 그렇다면 그 차량에 추적 장치를 붙인다면 그들이 어디로 움직이는지 알 수 있을 것이다.

"차라리 경찰에 신고하는 게 어떨까요?"

무태식은 그게 나을 것 같다는 생각이 들었다.

어차피 전국적으로 벌어지는 일인 만큼 경찰의 도움이 필
요하기는 하다.

하지만 노형진은 일단 반대했다.

"아직은 아닙니다. 좀 더 나중에 해야 해요."

"관할 때문인가요?"

"아니요. 관할이 아니라 추적의 문제입니다. 경찰이 위치
추적하는 건 불법입니다."

"음……."

"어차피 우리가 하는 것도 불법이지만, 그 결과는 다르죠."

자신들이 불법적으로 얻은 정보를 경찰에 넘기면 어찌 되
었든 증거로 인정받는다. 하지만 경찰이 불법적으로 얻은 증
거는 증거능력이 없다.

그러니 지금 경찰이 끼어들게 하면 나중에 그 증거능력이
사라질 수 있는 위험이 있다.

"이번 사건을 확실하게 하기 위해서는 증거를 확실하게 모
으고서 하는 게 낫습니다."

사실 이 일을 하는 녀석들이 많으리라고 보이지는 않는다.
중국에서야 흔한 일이라고 하지만 한국에서는 그다지 흔한
일이 아니니까.

한국은 시장이 중국보다는 협소하다. 그러니 많은 녀석들
이 들어온 것은 아닐 것이다.

'더군다나 동시다발적이라고 하지만 아주 많은 사건이 벌

어진 건 아니니까.'

노형진은 그렇게 생각하면서 이번 작전을 구상하기 시작했다.

"때마침 아주 좋은 여성분들이 들어와 있습니다."

칭웨이의 소개로 연락하자 그들은 아무런 의심도 없이 다가왔다.

칭웨이는 복수하겠다는 일념 하나로 전혀 화를 내지 않았기 때문에 그들은 사실을 모르는 듯했다.

"하오, 하오. 고맙소."

노형진에게 돈을 받고 부모 역할을 하게 된 사람들은 중국에서 넘어온 노부부였다.

공식적으로 그들의 아들은 5년 전 사고로 사망한 사람이었고, 그를 위해 명혼을 해 주려고 하는 것이다.

그리고 노형진은 그들의 고문 변호사 겸 결제 담당으로 자리에 동석했다.

부자들에게 그런 변호사가 붙어 있는 게 이상한 건 아니었기 때문에 그들도 별 의심은 하지 않았다.

"한국 여자들은 예쁘지요. 중국에서는 구하지 못할 최상급의 아가씨들입니다."

누가 들으면 마치 맞선 자리라도 이야기하는 듯한 말에 노형진은 진짜 미친놈들이라고 생각했다.

"내 돈은 얼마든 주겠소. 그러니 최고의 아가씨들로만 엄선해 주시오."

"돈을 얼마든지 주겠다고요?"

눈을 반짝이는 녀석들.

"그럼. 박 변호사."

"네."

이번에는 이름을 감춘 노형진은 중국인 부부의 말에 가방을 꺼내서 테이블 위에 올렸다. 그리고 그걸 열고는 반대 방향으로 돌려서 그들이 볼 수 있게 만들었다.

"3천이오. 내 마음에 든다면 7천을 더 드리리다."

"헉!"

무려 1억이라는 말에 그들의 눈이 뒤집혔다.

아무리 시신을 거래하는 것이 비밀리에 돈이 되는 일이라고 해도 1억이라는 돈을 주는 사람은 거의 없다.

어마어마한 재력에, 그들의 눈에는 탐욕이 흘렀다.

"잠시만……."

좀 떨어진 곳으로 간 그들은 서로 이야기하더니 고개를 끄덕거리면서 눈을 맞추고는 다시 자리로 돌아왔다.

"원하는 여자를 고르시면 됩니다."

자신들이 가지고 온 가방에서 파일을 꺼내 내미는 그들.

두 부부는 그걸 받아서 펼쳐서 살피기 시작했다.

노형진도 그걸 보면서 도대체 어떤 상황인지 알아보려고 했다.

그런데 그걸 본 노형진은 섬찟하다는 생각이 들었다.

'웃고 있어?'

그 파일 속에는 간략한 신상명세서와 함께 여자들의 사진이 첨부되어 있었는데, 다들 단정하고 깔끔한 외모를 가지고 있었다.

그런데 공통점이 하나 있었는데 웃고 있는 모습의, 일종의 증명사진이라는 것이었다.

'이런 미친 새끼들……'

노형진을 그걸 보고 치를 떨었다.

그럴 수밖에 없는 게, 죽은 사람의 증명사진을 손에 넣을 수는 없다. 찍는다고 해도 그 사람이 웃어 줄 리는 만무하고 말이다.

그렇다면 지금 웃고 있는 사진 속의 여자들은 아직 살아 있는 사람들이라는 뜻이다.

'설마……'

순간 노형진은 주방장이 했던 말이 생각났다. 시신을 구하지 못하면 시신을 만들면 된다는.

더군다나 한국은 자녀가 죽으면 화장을 하는 풍습이 있다.

중국에서는 이런 문화에 대해 서로가 알고 있고, 일부 지역은 결혼하지 못하고 죽은 여자의 시신은 가문의 무덤으로 들어가지 못하게 그냥 노상에 방치해야 한다는 전통이 있기 때문에 그냥 명혼을 하는 게 더 나을 수도 있다.

그러나 한국은 그런 문화도 없거니와 그런 전통도 없다. 게다가 자녀의 시신을 파는 짓은 누구도 하지 않는다.

그러니 어떻게 보면 중국보다 더 여자 시신을 구하는 게 어려울 수도 있다.

'미친……'

노형진은 속으로 경악을 금치 못하면서도 애써 모른 척하면서 다른 파일을 바라보았다.

"다른 건 뭡니까?"

"다른 거요?"

"네."

"아, 이건 별거 아닙니다."

"별거 아니라니요? 소개하러 온 거 아닙니까?"

"이건 등급이 좀 낮은 겁니다."

"등급이 낮은 거?"

"네."

"한번 봅시다."

"뭐, 1억이나 주고 하기에는……."

"선택권은 주인님들께 있지요."

두 사람도 바로 알아듣고 그들에게 손을 내밀었다.

"줘 봐요, 우리도 보게."

"그러시다면야."

그들은 파일을 건네줬고, 그 파일을 연 노형진은 절로 눈이 찡그러졌다.

'미쳤군. 제대로 미쳤어.'

파일은 가격에 맞게 등급 분류를 해 둔 게 분명했다.

파란색은 산 사람, 노란색은 그래도 시신이 멀쩡한 사람, 붉은색은 상당히 부패된 상태, 녹색은 말 그대로 유골만 남은 상태, 그리고 검은색은 화장한 유골들.

'아니, 이 새끼들, 유골함까지 턴 거야?'

생각해 보면 화장을 한 유골함은 어떻게 보면 털기가 더 쉽다.

어차피 유골함으로 쓰는 함들은 기성품들이다. 같은 걸 사다가 두고 진짜 유골을 털어 오면 가족들이 그걸 열어 볼 리는 없으니 누가 알겠는가?

"이건 1천만 원입니다."

최하 1천만 원부터 시작되는 가격들.

그리고 산 사람은 8천이라는 것이다.

"음⋯⋯."

적당히 시신을 고르려고 했던 노부부는 어쩔 줄 몰라 했다. 이렇게 많을 줄 몰랐던 것이다.

노형진은 그걸 보다가 그들의 귀에 대고 작게 중얼거렸다.

"첫 번째 파일에서 고르세요."

"네? 하지만……."

그들은 살아 있는 사람들이다.

그러니 자신들이 누군가를 고른다는 것은 즉 그 누군가를 죽이라는 소리가 된다. 그런데 거기서 고르라니?

"22페이지에 있는 여자 고르세요. '유영미'라는 이름을 가지고 있을 겁니다."

"유영미요?"

"네."

"저희는 책임 안 집니다."

"네, 책임은 우리가 집니다."

노형진의 말에 두 사람은 고개를 끄덕거렸고, 접선책은 '하오, 하오.'를 연발하면서 만족스러운 얼굴이 되었다.

⚖

"뭐라고요?"

유영미는 당황해서 어쩔 줄 몰라 했다.

노형진이 그녀를 고른 이유는 간단하다. 그녀는 다름 아닌 새론의 직원이기 때문이다.

새론의 직원이 왜 거기에 들어가 있는지 모르겠지만, 몇 번 얼굴을 봤고 실제로 아는 사이니까 보호하기가 훨씬 편했다.

"제가 살인 표적이 되었다고요?"

"네, 어떻게 된 건지는 모르지만……."

노형진은 간략하게 상황을 설명해 줬다.

그리고 그 말을 들은 유영미는 얼굴이 사색이 되었다. 자신의 이름이 그런 곳에 올라가 있을 줄은 예상도 못 했기 때문이다.

"어…… 어떻게……."

"그들은 유영미 씨의 사진을 가지고 있었습니다. 더군다나 신상명세도 알고 있더군요. 게다가 길바닥에서 찍은 사진이 아니라 증명사진이에요. 혹시 예상하는 거 있습니까?"

"있을 리가 없잖아요. 제가 미쳤다고, 왜 그런 녀석들에게 사진을 줘요?"

"그럴 리 없죠."

하지만 그들은 분명히 사진을 가지고 있었다. 더군다나 정확한 주소까지 말이다.

그들이 아무리 사람이 많다고 해도 여자들을 일일이 추적할 수는 없을 테니 그녀를 특정할 만한 기회가 있었을 것이다.

"자…… 잠깐, 증명사진이라고요?"

"네."

"증명사진…… 맙소사……."

뭔가 기억난 듯 얼굴이 사색이 되는 유영미.

"뭔데요?"

"이력서요."

"네?"

"이력서…… 제가 낸 거요."

노형진은 뭔가 생각이 난 듯 서둘러서 인사계로 갔다. 그리고 그녀의 이력서를 찾아서 꺼내 들었다.

"똑같군."

거기에 있는 사진은 자신이 거기서 본 사진과 똑같았다.

"맙소사……."

그 이야기를 들은 유영미는 얼굴이 사색이 되었다.

"제가 취업하려고 여기저기 이력서를 넣었는데……."

"끄응……."

요즘은 취업하기 위해 백 개 이상의 이력서를 넣는 것이 당연시되는 시대이다.

유영미는 운이 좋아서 여기에 취업하는 데에 성공했지만, 그 전까지 얼마나 많은 기업에 이력서를 넣었는지 기억도 안 난다고 했다.

우편으로 보내는 것도 아니고 인터넷으로 내는 시대이니 일단 사람을 구하는 곳에 내는 것이다.

"그리고 그곳이 제대로 된 곳인지 알 수가 없지."

노형진은 놈들의 방식을 알아차렸다.

가짜 회사 이름으로 구직자들을 모은다. 그리고 그들의 개인 정보를 가지고 있다가 필요하면 찾아가 죽이는 것이다.

이력서에는 주소에서부터 사진, 이름까지, 그들이 필요로 하는 모든 것이 들어 있으니까.

"맙소사."

창백해져서 다리를 후들거리는 유영미.

손채림은 그녀를 다독거리면서 진정시켰고, 무태식은 그런 그녀를 약간 안타까운 눈으로 보면서 말했다.

"왜 하필 그녀인가요?"

"일단 다른 사람들은 모르니까요. 저희가 보호할 수가 없었습니다."

그 파일에 있는 것은 나이와 이름 그리고 생년월일, 사진뿐이었다. 주소는 모두 가려진 상태라 자신이 기억했다가 추적할 수가 없었다.

"그리고 우리가 막지 못하면 유영미 씨는 언제 살해당할지 모르는 시한부 인생입니다."

무태식은 인정할 수밖에 없었다.

자신들이 아니었다면 아마도 어느 순간 누군지도 모르는 사람들에게 선택당해서 죽임을 당했을 것이다.

"하지만 이미 죽은 시신도 있었다면서요?"

"저도 그 생각은 했습니다만……."

원래 계획은 그들의 차에 추적 장치를 붙이는 것이다.

하지만 노형진은 그 작전에 치명적인 문제가 있다는 사실을 알아차렸다.

"그들이 전화로만 통화한다면 대책이 안 서죠."

"아!"

사진에는 모두 구별을 위한 구분 코드가 붙어 있다.

즉, 그들이 이름을 전화로 말하면 배달하는 시스템인 것이다.

"전화로 코드만 말해서 배달하는 거라면 핵심 멤버에는 접근도 못 합니다."

"음……."

그 파일에 붙어 있는 코드를 보고 노형진은 확실하게 알 수 있었다.

하긴, 이런 짓을 하려면 추적도 감안할 테니까.

"천운이라고 해야 하나요?"

그나마 다행히도 아는 사람이 있었다는 게 운이 좋았다.

물론 없다고 해도 방법이 없는 건 아니다.

얼굴과 이름을 알고 생일도 알고 있으니 정보력을 총동원하면 찾을 수도 있다.

그러나 타이밍이 맞지 않으면 최악의 경우 그녀가 죽을 수도 있는 노릇.

"걱정하지 마세요. 우리 새론 경호 팀이 지켜 줄 겁니다."

노형진은 유영미를 다독거렸다.

그녀는 얼굴색이 좀 나아지는 듯했지만 여전히 공포에서 완전히 벗어나지는 못했다.

"그 녀석들이 저에게 올까요?"

"올 겁니다. 그리고 그때 잡아들일 겁니다."

노형진의 생각에는 이걸 따로 하는 킬러조가 있을 것 같지는 않았다. 그렇다면 결국 시신을 도굴하는 도굴조가 그 역할을 하는 놈들일 가능성이 높다.

남의 무덤을 팔 정도로 간땡이가 부은 놈이라면 살인도 하고도 남을 테니까.

"이번이 놈들을 박멸할 기회입니다."

노형진은 이번 기회에 확실하게 놈들을 잡을 생각이었다.

망자의 한

"유영미 씨는 어떤가요?"

"일단 최대한 차분하려고 노력 중입니다."

"특이 사항은?"

"이틀 전부터 이상한 녀석들이 따라붙었습니다."

경호 팀은 드러나지 않게 유영미를 따라다녔다. 녀석들을 확실하게 잡기 위해서였다.

그리고 얼마 지나지 않아서 이상한 녀석들이 유영미를 따라다니는 것을 알아차렸다.

"어떻게 할까요? 잡을까요?"

"아직은 안 됩니다. 확실한 증거도 없이 잡으면 처벌이 불가능해요."

저들이 무슨 범죄를 저지르든 증거가 우선이다.

자신들이 먼저 기습해서 잡아 버리면 저들을 공격한 자신들만 나쁜 놈이 되는 것이다.

진짜 조폭들처럼 죽여 버리려고 한다면 모르지만, 법의 처벌을 받게 할 생각이라면 그래서는 안 된다.

"차적 조회는 끝났습니까?"

"네. 대포차더군요."

"역시나."

이런 짓을 하는 녀석들이 멀쩡하게 차를 사서 끌고 다닐리 없다.

그들이 끌고 있는 차는 소위 말하는 봉고 타입의 차량인데, 누가 봐도 안을 볼 수 없도록 검은 선팅을 해 둔 상태였다.

"조만간 저들도 움직일 겁니다. 그러니 절대로 방심해서는 안 됩니다."

"네."

경호 팀이 고개를 끄덕거렸고, 노형진은 놈들의 차량을 물끄러미 바라보았다.

그렇게 얼마나 지났을까? 유영미가 자신의 집에 들어가자 조용히 물러가는 그들.

아마도 그들은 납치할 시간을 정할 목적으로 지난 며칠간 유영미의 움직임을 확인한 듯했다.

"따라가죠."

조용히 따라가다 보니 그들은 근처에 있는 허름한 모텔로 들어가 버렸다.

"아무래도 여기가 아지트는 아닌 것 같고."

사고를 치기 전에 묵을 숙소인 모양이다.

노형진은 그들이 위로 올라가자 재빠르게 다가가서 봉고 안쪽을 살폈다.

"역시나."

그 안을 보던 노형진의 눈이 절로 눈이 찡그러졌다.

그 봉고는 다른 차들과 확연히 달랐다.

뒤쪽에 좌석 대신에 네모난 모양의 커다란 공간이 있었다. 위를 덮어 버리면 마치 짐칸처럼 보이도록 되어 있는 공간이었다.

'저곳이 시신을 넣는 공간이겠군.'

아니면 지금처럼 납치한 사람을 넣어 두는 곳이거나.

노형진은 그걸 확인하고는 조용히 모텔로 들어갔다.

"어서 오세요."

어떤 아줌마가 무심한 듯 앉아 있다가 말을 꺼냈다.

"아주머니, 방금 여기 올라간 사람들, 중국인이죠?"

"그건 왜 물어보슈?"

"여기서 묵은 지 얼마나 되었나요?"

"아니, 그건 왜 물어보냐니까?"

짜증스럽게 말하는 그녀에게 노형진은 자신의 신분증을 내밀었다.

"그들이 납치 살인범으로 의심받고 있어서요."

"뭐라고요!"

아줌마는 깜짝 놀라서 벌떡 일어났다. 그리고 당장이라도 경찰을 부를 눈치였다.

"아, 그거 신고해 봐야 물증 없으면 바로 풀려납니다. 그리고 신고한 아줌마한테 보복할지도 모르죠."

"허어어억."

노형진의 말에 점점 창백해지는 아줌마.

"그러니까 사실대로 말해 주세요. 묵은 지 얼마나 되었지요?"

"그러니까, 한 나흘 정도……."

"흠……."

자신들이 알고 있는 시간보다 더 길다. 그렇다면 다른 준비도 해 뒀다는 뜻이다.

"그들이 어떤 대화를 나누는지 들어 본 적은 없으시죠?"

"내가 손님들을 감시하는 것도 아니고, 본다고 해도 난 중국어를 몰라서……."

불안한 눈으로 계단참을 흘깃대는 주인.

"진정하세요. 실수만 안 하면 그들이 해를 끼치지는 않을 겁니다."

"실수라니?"

"사실을 안다는 티를 내는 순간 바로 죽이려고 들겠지요."

그 말에 공포에 부르르 떠는 아주머니.

"총 몇 명입니까?"

그 후에는 일사천리였다.

노형진이 알고자 하는 정보를 아주머니가 다 알려 줬던 것이다.

"네 명이에요."

"결제는요?"

"현금으로……."

"짐은 많았나요?"

"좀 있었죠."

노형진은 정신이 번쩍 들었다.

아까 살펴봤을 때 차 안에는 짐이 없었다. 그렇다면 짐은 여관 안에 있다는 뜻이다.

'그렇다면…….'

타깃을 따라다닐 때 그걸 꺼낼 이유는 없다. 그걸 꺼낼 때는 단 하나.

"혹시 그들이 체크아웃을 할 때 알려 주실 수 있습니까?"

"그건 좀……."

당장이라도 쫓아내고 싶은 얼굴이 되는 아줌마.

노형진은 그녀에게 조용히 조언을 했다.

"지금 쫓아내면 그들은 체포된 후에 아주머니가 신고한 걸 알아차릴 겁니다. 하지만 자연스럽게 체크아웃하면 아주머니가 신고했을 거라고는 생각하지 않겠지요. 아주머니의 안전을 위해서라도, 일단은 모른 척하세요."

"하지만 체크아웃은 언제 할지 모르는데요? 매일 선불로 받고 있는데……."

"짐이 있다면서요. 그걸 가지고 나올 때 알려 주시면 됩니다."

"아!"

저들은 사건이 벌어지면 추적을 피하기 위해서라도 바로 도망갈 것이다. 그러니 그때는 자신들의 짐을 가지고 나올 게 분명했다.

"그래 주시면 저희가 적당한 사례를 하지요."

사례라는 말에 아주머니는 고개를 끄덕거렸다.

그리고 며칠 후.

─그 사람들이 나갔어요.

여관 주인으로부터 온 한 통의 전화.

노형진은 정신이 번쩍 들었다.

드디어 디데이, 즉 납치를 실행하려고 하는 시점이 된 것이다.

"감사합니다."

노형진은 일단 감사의 인사를 한 후 바로 전화기를 들어서 어디론가 전화를 했다.

잠시 후 새론의 앞으로 차량을 탄 몇몇 사람들이 달려왔다. 노형진은 그런 그들의 두 손을 꽉 잡았다.

"오느라 수고하셔습니다, 김 형사님, 박 형사님."

"이런 일이 있으면 바로 와야지요."

그들은 시체 절도 사건을 담당하고 있는 사람들이었다.

도무지 감을 잡지 못하는 상황이었는데 때마침 노형진에게서 증거를 찾았다는 소식을 전해 듣고 체포를 위해 달려온 것이다.

"그나저나 확실합니까?"

"네, 전에 말씀드렸다시피 그들은 시체를 매매하고 있습니다. 그리고 그러기 위해 시신을 직접 만드는 것도 불사하고 있고요."

"으음……."

"이번 사건은 그들에게 1억이나 걸린 일이니 절대 포기하지 않을 겁니다."

사실 경호 팀이 함께 다니기는 하지만 언제 기습할지 안다면 경호를 하는 데 훨씬 도움이 된다. 특히나 경찰과 기자들을 대동할 경우 확실한 증거를 잡을 수 있다.

"기자들은요?"

"현장으로 바로 오기로 했습니다."

두 형사들은 왠지 기대에 찬 얼굴이었다.

그럴 수밖에 없는 게, 이런 사건은 무척이나 희귀하다. 그러니 언론에 나갈 수밖에 없는데, 언론에 나가면 자신들이 그 공을 받게 되어 있다.

'우리가 전면에 나설 수는 없다.'

노형진과 새론은 민간인이다. 그러니 잘못하면 그들에게 법적인 방어의 빌미를 줄 수 있다.

그러니 이 사건은 기본적으로 이 경찰 두 사람이 해결한 것이 되어야 한다.

"남은 건 소탕뿐입니다."

드디어 마지막 준비를 할 시간이었다.

⚖

"움직입니다."

랴오위는 표적을 보면서 침을 꿀꺽 삼켰다.

"오늘은 재미 좀 보겠군."

"그러게 말입니다, 흐흐흐."

납치를 한 뒤에 그들이 하는 일은 죽여서 가져다주는 것만이 아니다. 어차피 죽일 거라는 생각에 먼저 자기들만의 파티를 벌이는 것이다.

필요한 건 시신이니까.

혼인이라고 하지만 시체끼리 하는 결혼에 애가 생길 리는 없으니, 자신들이 맛을 좀 본다고 누가 아는 것도 아니고 말이다.

"내렸습니다."

그들은 버스에서 내리는 익숙한 옷을 보고 확신했다.

자신들이 그동안 보던 그 사람이 맞았다. 무려 1억짜리 상품.

"절대로 조심해야 한다. 누차 말하지만, 다른 곳은 몰라도 얼굴에는 손대지 마. 가치 떨어져."

"압니다, 보스"

킬킬거리면서 랴오위에게 말한 남자는 품에서 커다란 칼을 꺼내 들었다.

"과연 이게 목에 들어올 때 어떤 얼굴을 할지 참 기대되네요."

"미친 새끼."

"어때요. 그런 년들이 더 맛있다니까요."

"얌마, 겁주는 건 좋은데 지난번처럼 상처 내지 마! 우리가 그 때문에 얼마나 피해 입었는지 알아?"

기본적으로 명혼을 위한 시신은 상처가 없어야 한다. 그래서 교통사고로 죽은 시체보다는 병으로 사망한 시체가 더 가격이 높다.

하물며 칼로 찔러 죽이거나 하면 제값을 받기 힘들다.

그래서 보통은 일이 끝나면 독극물을 먹여서 죽이는 걸 선호하는 편이었다.

"네, 네. 이번에는 조심할게요."

그들은 음담패설을 하면서 천천히 봉고를 움직였다.

표적이 된 여자는 아무것도 모르는 듯 이어폰을 끼고 스마

트폰을 보면서 퇴근하고 있었다.

그리고 그들이 도착한 곳은 퇴근길에 들어가는 좁은 골목이었다.

'좋았어.'

이곳은 평소에 왕래가 뜸하다. 특히 표적이 들어가는 골목을 차로 막아 버리면 그 안쪽을 볼 수가 없다.

반대쪽에서 사람들이 올 수 있지만, 그런 상황을 미연에 방지하기 위해 반대쪽에는 '공사 중 출입 금지' 팻말을 세워 놓고 다른 녀석이 통제하고 있었다.

"운전수는 여기 있고."

"형님, 한두 번도 아니고."

운전수는 히죽 웃고는 그렇게 조용히 골목 안으로 가는 표적을 따라 운전했다.

드디어 표적이 안으로 들어가자 운전수는 골목 입구에 바짝 차를 붙였다.

"태워!"

랴오위와 부하는 번개같이 차에서 내려서 고개를 숙이고 앞서가는 표적에게 매달렸다.

그리고 순식간에 입을 막고 강제로 차에 태웠다.

표적이 저항하기는 했지만 여자가 남자 두 명에게 저항하는 것은 쉬운 일이 아니었다.

"태워, 어서!"

강제로 저항하는 여자를 봉고에 태우고 급출발을 하는 차량.

"빨리 가! 어서!"

랴오위는 빨리 가라고 재촉했고, 뒤에서 부하는 몸부림치는 여자를 찍어 누르고 있었다.

"헤헤헤."

"저 새끼, 벌써 발정 났네."

신나게 웃고 있는 부하를 잠깐 보고 눈을 찌푸리긴 했지만, 랴오위는 그다지 신경 쓰지 않았다.

"자, 자! 기분 좋게 해 줄게. 발악하지 말라고. 좋은 게 좋은 거잖아."

신이 난 부하의 목소리와 옷을 찢어 버리는 소리가 여기까지 들려왔다.

"빨리 달려!"

부하가 여자를 덮치든 말든 중요한 것은 여기서 벗어나는 것이다.

아무리 조심했다고 하지만 누군가 있을 수 있기 때문이다.

"걱정하지 마세요! 이미 도주로는 확실하게 파악해 뒀습니다!"

운전하는 놈은 신나서 외쳤고, 큰 도로에 합류하고 나서야 랴오위는 안심을 하면서 고개를 돌렸다.

"응?"

그런데 이상했다.

이때쯤이면 여자의 비명과 부하의 즐거운 고함 소리가 들려야 하는데 너무 조용했던 것이다.

"너, 지금 뭐 하는……?"

그가 고개를 돌렸을 때 그의 부하는 눈을 까뒤집고 바닥에 쓰러져 있었고 너덜너덜한 옷을 입고 있는 사람이 서 있었다.

그런데 그 안에는 시커먼 뭔가가 덧대어져 있었다.

"너, 누구야!"

자신이 납치한 건 여자다. 그런데 지금 있는 사람은 누가 봐도 남자였다.

"별 미친 새끼들을 다 봤네."

"너 이 자식, 뭐 하려고…… 끄르르르르륵."

그는 서 있는 남자에게 달려들려고 했지만 그러지 못했다.

남자가 손을 내밀었는데, 그 손에 들린 뭔가가 몸에 닿자 눈을 까뒤집고 기절할 수밖에 없었던 것이다.

"어어? 너, 뭐야? 이 새끼야!"

운전하던 녀석은 뒤에서 일어나는 일이 심상치 않다고 생각한 건지 고개를 돌렸다가 기겁했다.

낯선 사람이 두 사람을 쓰러트리고 자신을 보고 있었기 때문이다.

"운전을 할 때는 눈앞을 봐야지."

"뭐라고?"

그가 깜짝 놀라서 고개를 돌리는 순간 남자는 몸을 최대한

웅크려서 벽에 붙었다.

그러자 옆에서 모른 척 달리고 있던 트럭 한 대가 갑자기 바짝 붙어서 힘으로 봉고를 밀어 버렸다. 그리고 반대쪽에 있던 트럭 역시 그걸 힘으로 버텼고, 중간에 끼어 버린 봉고에 엄청난 충격이 갔다.

"으아악!"

벨트를 매지도 않고 있던 남자는 허공을 날아서 유리창에 머리를 처박고 기절했고, 차는 그대로 멈춰 버렸다.

그리고 그와 동시에 옆에 있던 차가 빠지면서 문이 벌컥 열렸다.

"끄응……."

"괜찮아?"

손채림은 걱정스럽게 물었고, 노형진은 신음과 함께 머리를 붙잡고 일어났다.

"그럭저럭."

노형진은 예상하고 있었기 때문에 최대한 몸을 벽에 밀착시켜서 그다지 충격을 받지는 않았다. 하지만 삭신이 쑤시는 것은 어쩔 수 없었다.

애초에 이들이 따라온 것은 표적인 유영미가 아니었다.

납치라는 것은 트라우마가 남는 일인지라 진짜 표적인 그녀가 하기에는 정신적으로 부담이 되는 일이었던 것이다.

그래서 노형진이 대신 그녀 역할을 하기로 했다.

그녀는 버스로 퇴근한다. 그래서 노형진이 똑같은 옷을 입고 다른 곳에서 먼저 동일한 버스를 타고 가기로 했다.

그런 뒤 진짜 유영미는 버스를 타고 가다가 자신이 내려야 하는 곳에서 내리지 않고 그냥 지나가고, 노형진이 대신 유영미가 내려야 하는 곳에 내려서 집 방향으로 걸어가는 방식으로 그들을 속이려고 한 것이다.

처음에는 경호 팀에게 맡기려고 했지만 그들은 워낙 운동을 열심히 해서 아무리 노력해도 여자들과는 체형 차이가 너무 컸다.

"아이고, 삭신이야."

노형진은 봉고에서 내려서 온몸을 우두둑거리면서 펴더니 따라온 차에서 자신의 옷을 꺼내어 입었다.

아무리 그래도 남자였기 때문에 그들을 속이기 위해 입은 펑퍼짐한 치마가 역시나 불편했다.

애초에 고개를 푹 숙이고 핸드폰을 보면서 걸어간 것도 혹시나 그들이 얼굴을 볼까 봐서였다.

다행히 유영미는 머리카락이 길어서 노형진이 가발을 쓰면 얼굴이 안 보이니까.

그리고 미리 입고 있던 방검복도 벗어 버렸다. 혹시나 바로 죽이려고 할까 봐 입고 있던 것이다.

그러는 사이 이수종은 자신의 노트북을 가지고 차량으로 접근했다.

"이봐!"

경찰은 고등학생으로 보이는 그가 다가오자 막았지만 노형진은 소리를 질러서 그들을 비키게 했다.

"그냥 두세요! 지금부터는 시간 싸움입니다! 그의 도움이 필요해요!"

"네? 무슨 도움이……?"

"일단 두세요."

"아, 네……."

어찌 되었건 덕분에 골치 아픈 사건을 해결한 사람의 입장에서는 마냥 막을 수는 없었기 때문에 그들은 뒤로 물러났고, 이수종은 능숙하게 운전석으로 향했다. 그리고 노트북과 내비게이션을 연결해서 뭔가를 하기 시작했다.

"뭐 하는 겁니까?"

경찰들은 옷을 다 갈아입은 노형진에게 다가와서 물었다.

"자주 가는 곳의 위치를 추적하는 겁니다."

"자주 가는 곳?"

"저희가 알아본 바에 따르면 이런 사건의 주범은 도굴, 또는 납치조와 보관조입니다. 특히 보관조가 보스라고 보면 됩니다. 납치나 도굴은 보스가 할 만한 일은 아니니까요."

"그런데요?"

"일단 이 녀석들을 잡았지만 이 녀석들과 연락되지 않으면 보스는 도주할 겁니다. 그러기 위해서는 녀석들이 어디에 있었는지 알아야지요. 아마 지금쯤 피해자를 받기 위해 현장에서 지키고 있을 테니까요."

"그건 이해하겠습니다만, 저건 뭔지?"

"내비게이션에서 경로를 추출하는 겁니다."

"경로를?"

"네."

내비는 자신이 갔던 곳을 모두 기억한다. 물론 검색해서 갔던 곳도 기억하지만, 사실상 지도상의 이동을 모두 기억한다.

"그걸 추적하면 녀석들의 본거지를 알 수 있지요."

"아!"

만일 이걸 수거해서 국과수에 가지고 가서 검사한다면, 그때쯤이면 일이 틀어진 걸 알고 보스를 비롯한 범인들이 도망친 후일 것이다. 그래서 노형진은 이수종을 데려다가 현장에서 바로 찾아내도록 한 것이다.

"몇 군데 후보가 있기는 한데요, 어딘지 모르겠어요."

이수종은 몇 가지 경로를 요약해서 가지고 왔다.

최종 목적지는 이들이 몇 번이나 갔던 곳이었다.

문제는, 이들이 그곳으로 왜 간 건지 알 수가 없다는 것이다.

이 중 하나는 본거지일 테지만 정확히 그중 어떤 것인지는 알 수가 없다는 것.

"끄응……."

노형진은 그걸 보면서 신음 소리를 냈다.

손채림이 그런 그에게 다가와서 함께 화면을 바라보았다.

"찍어야 하나……. 아니, 경찰에서 다 출동시켜 줄 수 있습니까?"

"열다섯 곳을요? 무리입니다."

"그렇다고 돌아가면서 다닐 수는 없고."

그때, 웅얼웅얼하는 노형진 옆에서 함께 화면을 보며 고민하던 손채림이 문득 뭔가 생각난 건지 이수종을 바라보았다.

"이거 얼마나 정확한 거야?"

"제법 정확하죠. 오차 범위가 5미터 이내예요."

"그래? 흠…… 그렇다면……."

그걸 뚫어지게 보던 손채림은 어느 장소를 손가락으로 찍었다.

"이곳인 것 같은데?"

"어떻게 알아?"

"어떻게 알기는. 기억나? 장기 밀매 사건 할 때 말이야."

"장기 밀매? 아!"

그제야 노형진은 그녀가 왜 그곳을 찍었는지 알 것 같았다.

"냉장고!"

"맞아. 이곳에는 가게 이름이 붙어 있잖아."

다른 곳은 이름이 붙어 있지 않다. 하지만 손채림이 찍은 곳은 '와와생갈비'라는 표시가 되어 있었다.

"맞아. 사람의 시신을 보관하는 건 공간을 많이 차지하지."

한두 개 정도야 작은 냉장고에 보관할 수 있겠지만 자신들이 아는 한 이들이 가진 시신은 적은 게 아니다. 그걸 바깥에 두면 다 썩어 버려서 팔 수 없으니 당연히 냉동실에 보관할 것이다.

"그리고 이런 가게는 보통 냉동실 같은 게 크지 않아?"

"크지."

냉동실을 설치하는 것은 생각보다 돈이 많이 든다. 그들이 개별적으로 설치하기에는 무리인 것이다.

"점심 먹으러 간 거 아닐까요?"

박 형사는 혹시나 해서 물었다.

물론 거리도 거리고, 이런 자들이 가기에는 너무 비싼 가격이기는 하지만.

"아닐 것 같은데요."

무태식은 뭔가를 확인하면서 다가왔다.

"와와생갈비라는 가게는 2년 전에 망한 곳입니다."

경기가 좋을 때 오픈한, 시외에 있는 고깃집이었다. 경기가 좋을 때는 멀리까지 가서 밥을 먹는 사람들이 많았기 때문이다.

하지만 경기가 안 좋아지면서 멀리까지 가는 사람들이 줄어들어 망한 것이다.

"망한 곳에 밥을 먹으러 갈 리는 없죠."

그렇다면 그곳에 있는 것은 하나뿐이다.

"빨리 가죠."

노형진은 쑤시는 온몸을 두들기면서 입을 열었다.

"더 이상 기다리게 하면 예의에 어긋나니까요, 후후후."

"이 새끼들은 왜 안 와?"

보스 둥핑은 시계를 보면서 짜증을 부렸다.

"어디서 맛보고 있는 거 아닐까요? 전에도 그랬잖아요."

"아, 개새끼. 자를 수도 없고."

부하 한 명을 생각한 둥핑은 눈을 찌푸렸다.

이럴 때마다 발정이 나서 사고를 치는 놈이 있기 때문이다. 사실 아는 사람의 동생만 아니면 벌써 쳐 내고 싶었는데 그럴 수가 없어서 데리고 있는 중이었다.

지난번에도 발정이 나서 발광하다가 상품의 얼굴에 상처를 냈던 것이 기억났다.

'이번 일만 끝나면 돌려보내야지, 원.'

다른 건 몰라도 이렇게 큰 건에서 사고를 치면 곤란하다.

그러니 돌려보낼 마음을 굳힌 그가 짜증이 나서 막 전화를 하려고 하는 그때였다.

"저기 옵니다."

저 멀리 보이는 봉고.

고개를 돌려 봉고를 본 순간, 둥핑의 얼굴은 사정없이 일그러졌다.

"저 새끼들이 또 차를 긁어 먹었네."

"어차피 대포잖아요?"

"얀마, 특이하면 튄단 말이야."

저런 식으로 대차게 긁어 먹은 차는 너무 튀기 때문에 도색을 하든가 다른 차를 구해야 한다.

"애새끼들, 요즘 너무 빠졌어."

크게 한 소리 해야겠다고 생각하면서 다가오는 차에 접근하는 둥핑.

잠시 후 차가 멈추자 스르륵 문이 열리고 그 안에서 사람들이 내리기 시작했다.

운전석에서 한 명, 옆에서 한 명, 그리고 뒷문에서 한 명, 두 명…… 세 명…….

"어?"

둥핑은 이상하다는 생각이 들었다.

그럴 수밖에 없는 게, 자신이 보낸 놈은 네 놈이다.

물론 한 놈은 따로 복귀하기로 했으니 부하만 치면 세 명이지만, 여자까지 포함하면 네 명이 된다.

그런데 내리는 사람들이 벌써 여섯 명이 넘어 무려 여덟 명이나 되었다.

그리고 아무리 봐도 납치 대상이었던 여자의 실루엣은 없었다.

"뭐야?"

차량의 라이트 때문에 그들이 제대로 보이지 않아서 눈을 찡그리면서 다가가는 둥펑.

그런데 그쪽에서 들린 목소리는 그의 등에 소름이 돋게 만들었다.

"더럽게 좁네."

능숙한 한국말.

물론 부하들도 한국말을 조금씩 하지만 이렇게 능숙하게 하지는 못한다.

결정적으로 부하들의 덩치는 이렇게 좋지 않다.

"누구냐!"

그는 일이 틀어졌음을 느끼고 허리춤에서 칼을 꺼내 들었다.

"천벌 주러 온 사람들이다."

"천벌?"

"그래."

우두둑거리면서 전면으로 나서는 사람들.

정우찬은 칼을 들고 있는 중국인들을 보고는 무심하게 등 뒤에서 뭔가를 꺼내 들었다.

"싸우려면 연장을 제대로 준비해야지."

"이런 씨발……."

둥펑은 그가 꺼내 드는 연장을 보고 등골이 오싹해졌다.

쇠 파이프에 철근을 갈아서 뾰족하게 용접해 둔 물건을 보자 싸울 의지가 없어지는 느낌이었다.

자신들이 가진 건 단검 정도다. 길이도 그렇고 파괴력도 다르다.

무엇보다 칼은 맞아도 어지간하면 즉사하지는 않는다. 하지만 저건 잘못해서 머리라도 파고들면 살 수 있을 것 같지 않았다.

"싸우려고?"

수적으로도, 질적으로도, 덩치로도 밀리는 것 같자 주춤주춤 물러나는 중국인들.

저쪽은 여덟 명인데 이쪽은 네 명뿐이다.

애애앵!

그와 동시에 저 멀리에서 들리는 경찰차의 사이렌 소리.

그 소리를 들은 둥펑은 도망가려고 했다.

그러나 이미 여덟 명은 자신들을 둥글게 에워싸고 있었다.

"도망가고 싶어?"

정우찬은 팀원들과 함께 그들을 가운데에 두고 둥글게 섰다. 그러고 나니 둥근 원 안에 그들이 있는 형태가 되었다.

"넘어와 봐. 넘어오는 대로 대가리에 빵꾸 내 줄게."

꿀꺽.

무심하게 던지는 정우찬의 말에 둥펑은 움직일 수가 없었다.

마치 숨 쉬듯이 자연스럽게 말하는 그들의 모습은 절대로 허세가 아닌 것 같았다.

'씨발⋯⋯.'

애초에 저런 식으로 용접해서 가지고 다닌다는 것 자체가 쓰기 위해 따로 만들었다는 뜻이다.

보통 쇠 파이프 자체나 야구방망이에 못을 박는 정도이지, 저런 식으로 용접해서 들고 다니는 경우는 드물다.

더군다나 거기에 묻어 있는 피는⋯⋯.

"씨발⋯⋯."

그렇게 덤비지도, 도망가지도 못한 채로 움찔거리는 사이 다가온 경찰이 총을 들이밀었다.

"손들어! 움직이면 쏜다!"

하지만 이미 총은 의미가 없었다.

이미 전의를 잃어버린 그들은 손을 축 늘어뜨리고 있었던 것이다.

"칼 던져."

그들이 칼을 던지자 다가가서 수갑을 채우는 경찰들.

그러는 사이 기자 몇 명이 다가와서 사진을 찍으면서 취재를 시작했다.

노형진은 그들을 힐끗 보고는 안쪽으로 들어갔다.

"역시나."

보아하니 좌식으로 되어 있는 식당이었던 모양인데, 양쪽 자리에 있던 테이블은 모조리 사라지고 이불이 깔려 있었다.

아무래도 집단 숙소로 쓴 모양이었다.

마치 군대 내무반처럼 옷장 대신 쓰는 박스도 몇 개 보였다.

찰칵찰칵.

거기에서 사진을 찍는 기자들.

노형진은 그런 그들의 등을 툭 쳤다.

"중요한 건 그게 아니죠."

기자들은 무슨 소리인가 하는 얼굴로 노형진을 바라보다가 고개를 끄덕거렸다.

중요한 건 그게 아니다. 이건 이들이 여기에서 살았다는 증거가 될 뿐이다.

"후우."

노형진은 심호흡을 하면서 안쪽으로 들어갔다.

주방에 가자 그들이 해 먹는 것으로 보이는 음식과 냉장고 몇 개가 보였다. 하지만 관심을 갖지는 않았다.

'중요한 건⋯⋯.'

구석에 있는 커다란 문. 영업용 냉동실의 문이었다.

노형진은 일단 그 문을 살짝 열었다.

그러자 자동으로 불이 확 켜졌다. 아마도 그렇게 해 둔 모양이었다.

문틈으로 내부를 본 노형진은 조용히 문을 닫았다.

"아니, 왜요?"

"비었나요?"

"그러면 무슨 의미가 있는 거죠?"

혹시나 비어서 실패했다고 생각해서 그런 건지 다급하게 묻는 기자들.

하지만 다음 말에 그들은 입을 다물었다.

"아무리 망자들이지만 예의는 지킵시다."

"네? 그게 무슨 말씀이신지?"

"아무리 망자지만 그 이전에 여성이었던 분들입니다. 그런데 그런 사진이 나간다면 유가족들이 어떻게 생각하시겠습니까?"

"아⋯⋯."

기자들은 들고 있던 카메라를 내렸고, 노형진은 형사에게 크게 소리를 질렀다.

"여기로 구급차 좀 불러 주십시오!"

⚖️

"터무니없군요."

냉장고에서 발견된 시신은 총 13구였다.

그중 10구는 도굴된 것이었고, 3구는 살해당한 사람들의 것이었다. 그리고 창고에서는 절도한 것으로 보이는 유골함이 스무 개나 발견되었다.

송정한은 보고를 받으면서 고개를 절레절레 흔들었다.

"로마에 가면 로마법에 따르라고 하지요. 하지만 이들은 그럴 생각이 없었나 봅니다."

특히 이슬람인들과 중국인들은 외국에 가서도 그 나라의 규칙에 따르기보다는 자기들의 세력을 가지고 자기들만의 세계를 만들려고 하는 성향이 무척이나 강하다.

그래서 중국인이 있는 나라에는 꼭 차이나타운이라는 게 존재한다.

한국도, 미국도, 유럽도, 그 나라이지만 그 나라가 아닌 공간인 셈.

"그래서 그들을 도와주던 작자들은 잡았나?"

"네, 웃기게도 공무원이더군요. 아직 취조 중입니다만, 그것 말고도 여죄가 계속 나오고 있습니다."

시신이 그만큼 있다고 해서 그들이 딱 그만큼만 범죄를 저지른 건 아니다. 실제로도 적지 않은 시신이 명혼을 위해 이미 팔려 나갔기 때문이다.

더군다나 이번 일은 공무원이 끼어 있었다. 그들이 사망신고가 된 무덤을 일당에게 알려 준 것이다.

"끄응…… 아무리 돈이 좋아도 그렇지."

"자기 딴에는 어차피 죽은 사람이니 누이 좋고 매부 좋은 일이라고 생각했겠지요."

노형진은 살짝 얼굴을 찡그리면서 말했다.

"처벌은…… 제대로 되기는 힘들겠군."

살인을 지시한 보스나 실행한 녀석들은 살인죄로 기소가
가능하지만, 문제는 그렇지 않은 다른 놈들이다.

　수백 명의 가슴을 찢어발기는 범죄를 저질렀지만, 대한민
국에서 시체 훼손에 관한 죄의 최고 형량은 7년이다. 그나마
도 대한민국의 물렁한 사법부의 특성을 생각하면 잘해 봐야
3년 정도일 것이다.

　"그 후에는 중국으로 가서 잘 살 텐데."

　왠지 갑갑한 얼굴이 되는 송정한이었다.

　이 녀석들 때문에 대한민국은 뜬금없이 땅속을 탐지하는
업자들이 호황을 맞이하고 있었다. 혹시나 가족의 시신이 사
라졌나 해서 탐지기로 안을 살피고자 하는 사람들이 늘어나
서였다.

　"그러지는 못할 겁니다."

　"응? 왜?"

　"이 녀석들, 중국에서도 사고 치고 도망친 거더군요."

　"뭐? 설마?"

　"확인해 봤습니다."

　이들은 중국에서도 이런 식으로 시체를 팔다가 중국 공안
의 추적을 받게 된 자들이었다. 그러자 잠잠해질 때까지 한
국에 있겠다고 온 것이다.

　"그 녀석들, 지금 최고형 때려 달라고 울고불고 난리입니다."

　"허."

"하지만…… 과연 그렇게 될까요? 그건 좀 의심스럽네요."

그들은 중국에 돌아가면 사형이다. 그래서 가지 않으려고 발악하고 있다.

일단은 여기 감옥에서 살면서 어떻게 해서든 방법을 찾으려는 것이다.

한국에서는 살인에 직접 가담한 놈이 아니면 살인죄를 적용하지 않는다.

하지만 중국은 그렇지 않다. 일단 패거리고, 알고 있으면 모조리 사형이다.

"아마도 그들은 저승에서도 그다지 쉬운 삶을 살지는 못할 겁니다."

노형진은 그들을 벼르고 있을 수많은 사람들을 생각하면서 피식 웃을 수 있었다.

"어떻게 확신하나?"

"경험이라고 해 두죠, 후후후."

송정한은 그저 고개를 갸웃할 뿐이었다.

외국에서 온 손님

"반갑습니다. 오랜만이네요."

싱글싱글 웃는 여자를 보면서 노형진은 살짝 당황했다.

그럴 수밖에 없는 게, 그녀가 여기에 올 줄은 몰랐던 것이다.

"어…… 반갑습니다."

더군다나 능숙하지는 않지만 그래도 대화가 통할 정도로 한국어를 할 줄은 더더욱 몰랐다.

"마이 씨가 어쩐 일로 여기에 오신 겁니까?"

마이 소라. 일본의 핑크 무비 배우다.

핑크 무비란 일본의 성인 비디오로, 소위 말하는 AV와는 다른 물건이다. 굳이 비교하자면 한국식의 성인 비디오라고 보면 된다.

그녀는 그런 일본의 핑크 무비 시장에서 엄청난 인기를 끌고 있는 사람이었다.

　그러니 그런 그녀가 노형진을 찾아온 건 생각지도 못한 일이었다. 그녀는 과거에 산업스파이를 추적하는 중에 잠깐 만난 것이 다였기 때문이다.

　그것도 그 산업스파이가 포르노 중독자였으며, 그중에서도 그녀를 무척이나 좋아했기에 정보를 얻기 위해 만난 것이었다.

　그런데 그녀가 한국으로 올 줄이야.

　"어머, 한국으로 오라고 하셨잖아요?"

　"아!"

　그제야 노형진은 그녀에게 자신이 했던 말이 기억이 났다.

　분명히 이때쯤 일본에 있지 말라고 했다.

　"어…… 일본에 계시지 말라고 한 거지, 한국으로 오라는 건 아니었는데요?"

　"어찌 되었건 한국으로 오면 안 되나요?"

　"그거야 상관없습니다만……."

　노형진은 약간은 당황한 얼굴로 말했다.

　그 말을 듣고 그녀가 한국으로 오리라고는 전혀 예상하지 못했기 때문이다.

　'그걸 기억하고 있다니 다행이라면 한데.'

　다만 한국으로 온 건 의외다.

더군다나 그 당시에 그녀는 한국어를 전혀 하지 못했다. 그런데 지금은 한국어를 조금씩 하고 있는 것이다.

'미리 준비한 건가?'

자신은 그저 자신들을 도와준 것에 대한 감사의 의미로 말을 건넨 것이다. 그런데 진짜 한국으로 올 줄은 몰랐기 때문에 노형진으로서는 어쩔 줄 몰라 했다.

"그런데 한국은 왜 온 겁니까? 진짜로 절 찾아오신 건 아닌 것 같고."

"형진 씨는 제가 안 보고 싶었나 봐요?"

"뭐…… 보고 싶으면 볼 방법은 많지 않습니까?"

노형진의 농담에 피식 웃은 마이 소라는 고개를 끄덕거리면서 입을 열었다.

"호호호, 재미있는 분이시군요. 그럼 사실대로 말하죠. 전 여기에 변호사가 아닌 사업가 형진 씨를 만나러 온 겁니다."

"사업가요?"

"네. 한국 연예계에 진출하고 싶은데 그러려면 엔터테인먼트조합에 들어야 한다고 하더군요. 그리고 그걸 형진 씨가 담당한다고 들었습니다."

"아아아."

노형진은 그녀가 왜 왔는지 알 것 같았다.

"일단 잘못 아시는 게 두 개 있네요."

"잘못?"

"네. 우선 여기서 활동하려 한다 해도 조합에 들 필요는 없습니다. 말 그대로 서로를 위해 뭉친 게 조합이니까요. 엄밀하게 말하면, 조합에 속하는 엔터테인먼트에 들어가시는 겁니다."

"아아."

"그리고 또 하나, 제가 그곳을 담당하는 건 아닙니다."

물론 지분을 가지고 있고 또 상당한 위력을 가지고 있는 것도 사실이다.

하지만 노형진은 그걸 무기 삼아 휘두를 생각은 눈곱만치도 없었다.

"그저 고문 정도라고 생각하시면 됩니다."

"그런가요?"

"그나저나 어쩐 일로 한국 진출을 하고 싶어 하시는 겁니까?"

"그냥요."

"그냥?"

노형진은 고개를 갸웃했다.

'그러고 보니 마이 소라는 한국에 진출한 일이 없는 것 같은데. 아니, 진출했나? 내가 알아야 말이지.'

자신이 모든 걸 기억하는 건 아니다.

더군다나 이런 가십 같은 경우는 제대로 기억하지 못한다는 것이 노형진의 약점이다.

실제로 마이 소라는 한국에 진출한 적이 없었다.

"사정이 좀 있어서요."

"사정이라?"

노형진은 고개를 갸웃했다.

한국 시장은 일본 시장보다 작다.

성인 배우라고 무시할지 모르지만 일본은 시장이 커서 한국보다 더 벌었으면 벌었지, 적게 벌지는 않았을 것이다.

더군다나 한국에서는 그런 쪽에서 일하는 여성들을 상당히 많이 무시하지만 일본에서는 그렇게까지 무시하지 않는다.

그러니 일본이 그녀에게 더 유리하다.

'그런데 왜?'

아무리 생각해도 그녀가 여기에 올 이유가 없다.

"하여간 진출하고 싶어서요."

"쉽지는 않을 겁니다."

"알고 있습니다. 그래도 하고 싶어요."

'보아하니 오래전부터 생각하고 있었던 모양인데.'

그렇지 않다면 한국어를 저렇게 잘할 리 없다.

즉, 상당히 오래전부터 이쪽에 진출할 생각을 가지고 있었다는 것.

"그러면 일단은 식사라도 하면서 이야기해 볼까요?"

"식사요?"

"네. 일단은 자세한 이야기를 해 봐야 하니까요."

자신이라면 소개시켜 주는 것은 어려운 일이 아니다.

하지만 정확한 이유 같은 것도 없이 그녀를 소개시켜 줄 수는 없다.

더군다나 그녀는 어찌 되었건 일본에서 활동하는 배우다. 소문에 따르면 드라마 쪽에 진출한다는 이야기도 있었다.

그런데 뜬금없이 한국이라니.

"좀 이르기는 하지만, 나가실까요?"

노형진은 고개를 갸웃하면서 바깥으로 나갔다.

⚖️

"입에는 맞나요?"

"아주 맛있어요. 한국의 일식 요리는 일본과는 좀 다르군요."

"한국에는 몇 번 왔나 봅니다?"

"네, 여행 삼아. 팬들도 만나러요."

"팬들도?"

"네. 인터넷 강국이잖아요."

노형진은 왠지 얼굴이 붉어졌다.

어디선가 들은 적이 있다, 한국에서 제일 빠른 게 야동이라고.

물론 핑크 무비는 야동이 아니기는 하지만, 어찌 되었건 소비자는 물론 그에 따른 팬클럽까지 있는 모양이었다.

'그런데 그걸 따로 관리한다라…… 아주 본격적인 모양인데?'

자신을 찾아온 것은 아마도 계획된 일은 아닐 것이다. 진출의 편의성을 위해 한국에서 도와줄 사람을 찾았을 테고, 그 와중에 자신을 기억해 냈을 것이다.

"그런데 일식은 처음이라고요?"

"네. 보통은 불고기랑 비빔밥을 먹으러 갔어요."

"매번?"

"매번인 것 같은데요?"

'거참…….'

노형진은 혀를 끌끌 찼다.

도대체 왜 사람들은 외국인이 오면 불고기와 비빔밥부터 먹이려고 하는 건지.

하지만 맛있는 건 나중에 소개하는 게 가능하기 때문에 노형진은 일단 업무에 집중하기로 했다.

"어느 쪽에 진출하고 싶습니까?"

"어…… 예능이나 드라마 쪽요."

"영화 쪽은?"

"아무래도 좀…….""

"하긴, 그렇지요?"

물론 그녀가 연기력이 부족한 건 아닐 것이다.

문제는 영화에는 과거의 이미지가 있다는 것.

배우의 이미지에 따라 흥망이 갈리는 영화에 성인 배우 이미지가 있는 그녀를 쓰기에는 위험부담이 너무 크다.

"그러면 적당한 곳을 알아봐야겠네요. 일본 예능인이 한국에 없는 것도 아니니 잘하면 될 겁니다. 일단은……."

적당한 곳을 생각하면서 어느 곳에 소개해 줄까 고민하는 노형진.

그 순간 일식집의 문이 벌컥 열리면서 한 사람이 뛰어들어왔다. 마이 소라와 함께 한국에 온 코디였다.

"소라 짱!"

"무슨 일이야? 갑자기 왜 그래?"

"이…… 일본이……! 일본이……!"

사색이 되어서 말하는 그녀.

마이 소라는 어리둥절한 표정이 되었고, 노형진은 그런 그녀를 보면서 직감적으로 무슨 일인지 알 수 있었다.

'벌써 그때인가?'

노형진은 날짜를 되짚고는 입맛을 다셨다.

일본에서 벌어진 핵 발전소 사고. 그로 인해 난리가 난 것이 바로 오늘이었던 것이다.

사실 노형진도 그걸 막기 위해 최대한 노력을 했다.

지진학자에게 투자하는 조건으로 해당 지진단층에 대해 계속 경고하도록 했다.

자신이 지진이 난다고 주장해 봐야 미친놈밖에 안 될 테고 사람들이 믿을 리 없으니까.

사실 진짜로 맞혀도 문제다, 자신이 미래에 대해 안다는 걸 알면 아마도 전 세계에서 암살자나 납치범이 찾아올 테니.

그래서 수많은 대학의 학자들에게 투자해서 지진에 대해 경고했지만 일본 정부는 들은 척도 하지 않았다. 그리고 결국 사달이 난 것이다.

"이럴 수가……."

어리둥절하던 마이 소라는 바깥에 나가서 뉴스를 보고는 얼굴이 창백해진 채로 안으로 들어왔다.

일본에서 벌어진 일이 무슨 일인지 알아챈 것이다.

"형진 씨…… 설마……?"

"그냥 누가 저한테 했던 말입니다."

자신이 안다고 할 수는 없어서 그냥 돌려서 말하는 노형진.

마이 소라는 더 이상 말하지 않았다.

하긴, 이 상황에서 무슨 말을 하겠는가?

그렇게 침묵을 지키던 마이 소라는 힘들게 입을 열었다. 얼굴을 보니 결심이 굳은 듯했다.

"형진 씨, 저를 도와주실 수 있습니까?"

"일본으로 돌아가시려고요? 일단은 가지 않으시는 게……."

노형진은 그녀가 일본으로 돌아가려고 한다고 생각했다.

하지만 그다음 말은 노형진으로서도 예상하지 못한 것이었다.

"저…… 한국으로 망명하고 싶습니다."

"망명이라고요?"

망명이라는 낯선 단어에, 노형진은 멍하니 그녀를 바라볼
수밖에 없었다.

다음 권으로 이어집니다

200평 초대형 24시 만화방

수면실
(침대식) — 사우나석

다인석 — 샤워실

세탁기 — 신간100%

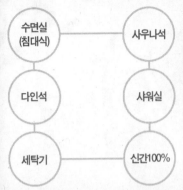

수원 인계동점

● 나혜석거리   ● 농협

● CGV   ● 수원시청역⑧

무비 사거리

소주한잔
건물
24시 만화방 3F   홍콩반점   홈플러스

TEL : 031-226-3771
수원시 팔달구 인계동 1041-11 3층 24시 만화방

의정부점

의정부역④
⑤   흥선지하도

◀서울방향

진성약국   던킨도넛츠

24시 만화방
3F

TEL : 031-856-3971
경기도 의정부시 의정부동 197-13 3층

주안점

주안
남부역

◀제물포   민병철
어학원   간석동▶

25시 만화방 6F

TEL : 032-426-2871
인천광역시 주안남부역 지하상가 4번 출구 GS25시 건물 6층

안양점

● 안양역   육교

◀관악역   명학역▶

농협

24시 만화방
2F
안양일번가

TEL : 031-466-3771
경기도 안양시 안양동 674-163 죠이당구장건물 2층

중결 신무협 장편소설

大唐劍王
대당검왕

무림 최대 보물찾기!
진짜? 가짜? 기연 복불복이 시작되다!

당 말, 우내십일기의 숨겨진 비급을 찾아
온갖 세력들이 용강서원으로 몰려드는 이때
대방파 소부주의 심부름꾼으로 낙점된 삼하보의 연린도
어쩔 수 없이 서원으로 가게 되는데……

어차피 오게 된 것 최선을 다하자!

어렵게 찾은 가짜(?) 비급은 탈취당하지만
매의 눈으로 각파의 무공을 훔쳐 배우고
선한 심성 덕에 영약의 선택까지 받은 연린
과연 그의 소박한 꿈, 가문 부흥은 이뤄질 것인가?

영망진창 당대唐代 무림의 구원자
일 검으로 시대를 가르다!

김도훈 현대 판타지 장편소설

인챈트로 인생역전!

옷이 안 팔려? 업그레이드하면 되지!
생태계 파괴급 스킬로 패션 시장을 장악하다!

무리한 확장과 경기 불황으로 의류 사업에 실패한 현성
쓴맛을 삼키며 빚뿐인 앞날을 고민하던 그때
물려받은 골동품에서 우연히 얻은 능력, 인챈트!

인챈트에 성공합니다. 티셔츠의 성능이 향상됩니다.

의류, 가죽, 금속! 손에만 걸리면 등급 업!
대기업의 견제와 갑질을 뚫고 승승장구하는 사업!

한국 경제를 뒤흔들 사업가의 등장!
패션계를 다시 쓸 『인챈트』 스토리가 시작된다!